MIT DIESEM RING

Windswept Bay, Buch Fünf

DEBRA CLOPTON

KAPITEL EINS

„**B**eeil dich, Mommy. Fahr schneller."

Jessica Price warf einen Blick in den Rückspiegel zu ihrem sechsjährigen Sohn. Er war winzig für sein Alter und sah auf dem Rücksitz so klein aus. „Ich fahre so schnell, wie es erlaubt ist, junger Mann. Warum überhaupt die Eile?" Sie wusste weswegen, aber fragte ihn trotzdem und freute sich, wieder sein strahlendes Lachen zu sehen.

„Es ist Mitbringtag und ich habe den Besten von allen", rief er aus, wobei er in seinem Sitzgurt auf und ab hüpfte.

Kevin war seit dem gestrigen Tag, an dem der Polizeibeamte Ryan Locke und seine Frau Jillian Kevin abgeholt und mit ihm eine Runde in einem Windswept Bay SUV der Polizei mit Licht und Sirenen gefahren waren, aufgeregt gewesen. Für Kevin war es der Himmel auf Erden gewesen.

Ryan hatte ihm die Fahrt vor Weihnachten versprochen. Aber dann haben Ryan und Jillian geheiratet und dann war Kevin krank geworden. Und dann hatten die Feiertage Vorrang gehabt und dann war für Ryan bis gestern einfach keine Zeit gewesen, sein Versprechen einzulösen. Sie hatte begeistert Kevins Freude beobachtet, als der Mann, den er an Thanksgiving kennengelernt hatte, ihn auf dem Rücksitz seines Polizeiautos festgeschnallt und auf eine Fahrt mitgenommen hatte. Sie wollte bestimmt nicht, dass es Kevin im Jugendalter cool finden würde, dort hinten mitzufahren, aber für einen kleinen Jungen war es der aufregendste Tag seines Lebens gewesen. Man hatte es in seinen Augen sehen können, als er Ryan angeschaut hatte. Es hatte sie einmal mehr daran erinnert, dass ihr Sohn keinen Mann, keinen lebendigen, hatte, den er Daddy nennen konnte und er so verzweifelt einen wollte.

Das hatte er zu Weihnachten deutlich gemacht.

Aber es war schwierig, denn sie war nicht bereit, an eine erneute Heirat zu denken. Daher war es eine Riesensache für sie und Kevin, dass Ryan nach Weihnachten auf sein Versprechen zurückgekommen war.

Ryan und Jillian waren mit Kevin in die Polizeiwache gefahren, um ihn rumzuführen. Und dort hatte er Jillians Bruder, Polizeichef Levi Sinclair, kennengelernt. Kevin hatte ununterbrochen von ihm geredet.

Es war offensichtlich, dass auch er liebenswürdig zu Kevin gewesen war, denn zur Freude ihres Sohnes hatte der Polizeichef zugestimmt, heute in die Schule zu kommen, damit Kevin ihn am Mitbringtag vorstellen konnte.

Es war für ihn die perfekte Ablenkung von dem, was in den Ferien passiert war, und Kevin wieder als glücklichen Jungen zu sehen, machte sie glücklich. Sie würde dem Polizeichef danken, weil es eine willkommene Abwechslung zu dem ruhigeren Kind, das Kevin seit der Enttäuschung, zu Weihnachten nicht das bekommen zu haben, was er sich gewünscht hatte, war. Ihr armer Sohn.

Sie waren während der zweiwöchigen Ferien von Windswept Bay zurück nach Hause gefahren, um Weihnachten mit ihrer Familie zu verbringen. Mit einem Sechsjährigen und Roscoe, ihrem riesigen Hund, war es eine lange Fahrt von Florida bis Kansas gewesen. Die Fahrt musste Kevin Zeit gegeben haben, um sich seinen herzzerreißenden Plan, Santa und Gott zu bitten, ihm einen neuen Daddy zu Weihnachten zu schenken, auszudenken!

Er war ein extrem enttäuschtes Kind gewesen, als am Weihnachtsmorgen kein neuer Daddy unter dem Weihnachtsbaum auf ihn gewartet hatte.

Selbst jetzt seufzte sie beim bloßen Gedanken daran. Sie hatte nicht gewusst, wie sie ihm helfen konnte. Sie war noch nicht bereit, einen Mann zu finden. Adam war erst seit zwei Jahren tot. Sie brauchte Zeit… auch wenn natürlich weder sie wollte, dass ihr kleiner Junge ohne einen Daddy aufwuchs, noch Adam das gewollt hätte. Ihr lieber Ehemann war ohne Vater aufgewachsen und hatte gewusst, wie es sich anfühlte. Er hätte sowohl für Kevin als auch für sie gewollt, dass sie erneut heiratete. Aber ihr Herz… ihr Herz war nicht bereit.

Und daher war sie an diesem Morgen, während sie mit dem vor Freude hüpfenden Kevin zur Schule fuhr, glücklich. Vielleicht war das nach alle dem der Start in ein gutes Jahr.

Sie hatten ein weiteres Weihnachten ohne Adam überstanden und so schwierig es war, wusste sie, dass sie es schaffen würden… er hätte es so gewollt und er hätte gewollt, dass sie stark war. Und das war sie gewesen. Diesen Job in Florida anzunehmen, soweit weg von ihrer Familie, war Teil ihrer Entschlossenheit gewesen, vorwärts zu gehen. Auf ihren eigenen Beinen zu stehen.

Sie parkte auf dem Parkplatz der Schule und lächelte Kevin über den Sitz hinweg an. „Wir sind da. Bist du jetzt zufrieden?"

Er grinste, während er seinen Gurt löste. „Oh ja, das wird der beste Tag meines Lebens! Meine Freunde werden so neidisch sein." Er nahm den Türgriff in die Hand.

„Hey, Moment mal. Du weißt, dass du die Tür nicht aufmachen sollst, bevor ich ausgestiegen bin." Ihre Warnung ließ ihn innehalten, bevor er vom Rücksitz sprang.

„Ja, Mom. Aber kannst du dich bitte beeilen?"

Sie lachte, nahm ihre Tasche und stieg aus dem Auto. Das Kind würde sie noch in den Wahnsinn treiben.

Levi Sinclair stand vor dem Grundschulgebäude. Sein Telefon klingelte und er zog es von dem Clip an seinem Gürtel. Das Display zeigte, dass es Jillian war. Wegen ihr steckte er in dieser Klemme. Sie und Ryan hatten Kevin zur Führung durch die Station mitgebracht und der süße, kleine Junge war neugierig und aufgeregt gewesen und hatte Levi alle möglichen Fragen gestellt. Levi hatte jede davon beantwortet, während Jillian und Ryan im Türrahmen zu seinem Büro gestanden, sie beobachtet und gegrinst hatten.

Und dann hatte Kevin ihn gefragt, ob er heute zum Mitbringtag mit in seine Klasse käme. Levi hatte nicht nein sagen können.

„Hey", sagte er, nachdem er den Anruf angenommen hatte. Das leise Kichern seiner Schwester begrüßte ihn.

„Ich rufe an, um dich an Kevins Unterricht heute Morgen zu erinnern, aber ich kann die Angst in deiner Stimme hören, daher nehme ich an, dass du bereits auf dem Weg bist."

Er schaute finster drein. „Ich stehe jetzt vor der Schule. Und hör auf, zu lachen. Du hast mir das eingebrockt. Du und mein neuer Beamter. Ich denke, ihr wusstet, dass Kevin mich darum bitten würde. Tatsächlich wette ich, dass du und dein Ehemann mir eine Falle gestellt habt."

Jillian kicherte erneut. „Er hat Ryan danach gefragt, als wir im SUV herumgefahren sind. Aber Ryan hat ihm nur erzählt, dass der Polizeichef wirklich beeindruckend wäre, um ihn in seiner Klasse vorzustellen. Und er hatte Recht, das ist eine gute Sache."

„Freut mich, dass du so denkst."

„Sei nicht nervös – du wirst das gut machen."

„Ich bin nicht nervös", leugnete er, aber in Wahrheit, war er es ein wenig. Er hatte sich im Gespräch mit Kindern nie wohlgefühlt und normalerweise schickte er einen seiner Beamten für sowas.

Levi mochte Kinder; er konnte nur nicht gut mit ihnen umgehen. Daher war er überrascht gewesen, als Kevin seine Hand genommen und ihn mit auf die Führung durch die Station genommen hatte. Das Kind mit den Sommersprossen im Gesicht sah jünger aus als ein Erstklässler und hatte die ganze Zeit über aufgeregt geplappert und alle möglichen Fragen gestellt. Er hatte einen tollen Sinn für Humor und hatte Levi und Ryan mehrere Male zum Lachen gebracht. Auf gar keinen Fall hätte Levi nein sagen können, ihm zu helfen.

„Du warst gestern toll mit Kevin und er genießt es wirklich, Zeit mit dir zu verbringen. Ich will nur viel Glück wünschen. Kevin braucht diese Aufmerksamkeit. Und seine Mutter, Jessica, ist ein Goldstück. Du wirst sie kennenlernen. Sie ist eine von

Kevins Lehrerinnen.“

„Okay, na dann gehe ich mal besser rein.“

„Los und hab Spaß.“ Sie lachte und beendete den Anruf und er betrat das Schulgebäude.

Levi wurde sofort zurück in seine Kindheit versetzt, als er hier an der Windswept Bay Grundschule Schüler war. Damals, im reifen Alter von sechs Jahren, war er ein Aufrührer gewesen. Er und Ryan hatten sich zusammen bei den Lehrern wie kleine Teufel aufgespielt. Niemand hätte geglaubt, dass er – oder auch Ryan – erwachsen geworden sind, um Polizeibeamte zu werden. Damals war Ryans Vater Polizeichef gewesen und Mr. Locke und Levis Vater, Sam, hatten viele Ausflüge in das Büro des Schulleiters gemacht, um über ihre jungen Rabauken zu sprechen.

Vielleicht war das der Grund, weswegen Levi ein paar Probleme hatte, für so etwas hierher zurückzukommen. Was, wenn er ein Kind sah, das verrücktspielte? Was sollte er sagen – pass auf, wenn du dich weiterhin so verhältst, könntest du, wenn du erwachsen bist, Polizeibeamter werden?

Er lachte vor sich hin, als er Raum drei erreichte.

Die Tür war offen und er konnte farbenfrohe Tische mit Kindern sehen, die zur Vorderseite des Raumes blickten, wo ein kleines Mädchen der Klasse ihre Schildkröte zeigte. Eine Schildkröte war für einen Raum voller Erstklässler womöglich viel interessanter als ein Polizeichef. Armer Kevin; das könnte ein Reinfall für das Kind werden. Und das beunruhigte Levi auf einmal.

Wo war die Lehrerin? Levi sah, wie die Kinder anfingen, ihn im Türrahmen zu bemerken und realisierte, dass er sich nach vorn lehnen müsste, um am Türrahmen vorbei zu blicken und den Rest des Raumes zu sehen, damit er die Lehrerin fand. Stattdessen würde er warten, bis das kleine Mädchen mit der Präsentation ihrer Schildkröte fertig war – sie erinnerte ihn an seine Schwester Shar, die eine Superheldin war, wenn es um die Rettung gefährdeter Meeresschildkröten ging. Verdammt, Shar wäre ein Riesentreffer für den Mitbringtag gewesen. Levi hätte sie Kevin empfehlen sollen anstatt selbst zu kommen. Das kleine Mädchen setzte ihre Schildkröte zurück in die Kiste zu ihren Füßen. Und dann begann er, sich nach vorn zu lehnen, gerade als eine schöne, rotblonde Frau ins Sichtfeld kam. Ihre blauen Augen kräuselten sich in den Augenwinkeln, als sie ihn anlächelte.

„Hallo Polizeichef Sinclair, es ist so schön, dass Sie gekommen sind. Nur einen Moment, bitte."

Während sie sprach, fragte sich Levi, ob das Kevins Mutter war. Jillian hatte gesagt, dass sie bei der Feier gewesen war, die das Windswept Bay Resort, das seiner Familie gehörte, jedes Thanksgiving veranstaltete. Dort hatten Jillian und Ryan Kevin und seine Mutter erstmals kennengelernt. Später dann hatten sie Roscoe, Kevins Hund, gerettet und dem Jungen zurückgebracht. Da hatte Ryan Kevin eine Fahrt in dem Polizeiauto versprochen, die sich auch noch in eine Führung durch die Wache verwandelt hatte.

Die Lehrerin betrachtend wurde Levi klar, dass er sie an dem Tag beim Essen gesehen hatte. Sie war in der Schlange zum Buffet gewesen und ihm war dann aufgefallen, genauso wie es ihm jetzt auffiel, dass sie eine sanfte Schönheit an sich hatte. Er schaute weg und war von sich selbst genervt. Er war nicht hier, um die

Schönheit der Lehrerin zu bemerken; er war wegen Kevin hier. Aber als sie kurz mit einem gütigen Gesichtsausdruck des Willkommens zu ihm zurückblickte, hatte er Schwierigkeiten, sich auf irgendetwas anderes als sie zu konzentrieren.

„Kinder, wir haben uns sehr gut unterhalten gefühlt von Clara und ihrer Schildkröte, Jeremiah. Danke, Clara. Du kannst dich jetzt setzen.“

Levi hörte das Lächeln in ihrer Stimme und sah das Funkeln in ihren Augen. Eine Lawine der Anziehung rollte durch ihn hindurch, als sie sich zu ihm umdrehte und ihre Hand ausstreckte.

„Ich bin Jessica, Kevins Lehrerin und seine sehr dankbare Mutter.“ Sie lehnte sich näher zu ihm, sodass nur er ihre Worte hören konnte. „Danke vielmals, dass Sie gekommen sind. Das bedeutet ihm die Welt. Seit gestern, als Sie zugestimmt haben, herzukommen, war er so aufgeregt gewesen.“

Er nahm ihre Hand und ja, die Anziehungskraft stieg wie ein Buschbrand, der Boden gutmachte, seinen Arm hinauf, bevor er ihre Hand losließ. „Ich freue mich, hier zu sein. Ihr Sohn ist ein ziemlich guter

Verkäufer.“

„Ja, ist er. Bitte, kommen Sie rein.“

Levi betrat das Klassenzimmer und jetzt konnten ihn alle Kinder sehen. Er entdeckte Kevin an einem der Tische mit einem Ausdruck voll freudiger Erregung auf seinem kleinen Gesicht. Der Junge sprang auf und winkte.

„Hi Levi – ich meine, Polizeichef“, rief er.

Levi freute sich sofort, dass er gekommen war. Ryan hatte ihm erzählt, dass der Junge seinen Vater verloren hatte, und Levi hatte Mitleid mit ihm. „Hi Kevin.“

Jessica lachte vor sich hin. „Okay, Kevin, beruhig dich. Du bist an der Reihe. Du darfst jetzt deinen Gast vorstellen.“ Und sie ging lächelnd wieder in den hinteren Teil des Raumes, während Kevin mit Vollgas nach vorn rannte und dann mit einem riesigen Grinsen von einem Ohr zum anderen zu Levi aufsah.

„Ich wusste, du würdest kommen“, sprudelte es aus ihm heraus.

„Natürlich bin ich gekommen. Du hast mich gebeten, oder nicht?“

Kevin nickte. „Habe ich." Er lehnte sich nach vorn und flüsterte: „Ich musste es nur sehen, um es zu glauben." Und dann starrte er Levi einen langen, stummen Moment lang an.

„Kevin, stell ihn vor", forderte Jessica.

„Oh ja", lachte er, nahm Levis Hand und drehte sich zu der Klasse von etwa 35 Kindern.

Levi schaute dann durch den Raum. Hinten war eine weitere Frau, die lächelte, als Jessica zu ihr kam. Die Kinder starrten ihn mit unterschiedlichem Ausmaß an Interesse an und Levi fühlte sich plötzlich sehr wie Jeremiah die Schildkröte.

„Heute, am Mitbringtag", sagte Kevin in sehr ernstem Tonfall, „habe ich Polizeichef Sinclair mitgebracht. Aber ich nenne ihn Levi, weil er mir das gestern gesagt hat, als er mir die Polizeistation gezeigt hat. Es war wirklich, wirklich cool. Aber deswegen habe ich ihn am Mitbringtag nicht mitgebracht." Er grinste und sah kurz zu Levi hinauf, bevor er dramatisch zurück zur Klasse schaute. „Ich habe ihn mitgebracht, um euch allen zu zeigen, dass er mein neuer Daddy sein wird."

Was? Levi hätte sich beinahe das Genick gebrochen, so ruckartig wie er von der Klasse plötzlich alarmierter Kinder mit großen Augen zu dem Jungen hinunterschaute, der seine Klassenkameraden stolz angrinste; dann drehte der Junge sein Gesicht hinauf und grinste Levi mit einem Ausdruck purer Freude an.

Der Junge hatte gerade dem Klassenzimmer und seiner Mutter gesagt, dass Levi sein neuer Daddy sein würde… und er sah nicht so aus als machte er Witze. Wo war das hergekommen?

Levis Blick traf Jessicas. Ihr Mund stand offen und sie sah aus als wäre sie gerade von einem Eimer Eiswasser getroffen worden – dann wurde sie rot und eilte die Tischreihen entlang.

Aber Kevin sprach weiter: „Wenn er mein Daddy ist, können wir alle in die Station gehen und er kann uns alle herumführen und uns dann alle in Gefängniszellen schließen und –"

Jessica unterbrach ihn, „Kevin, ähm, das war interessant", sagte sie in bedachtem Tonfall. „Aber du darfst dich jetzt hinsetzen."

„Aber ich bin noch nicht fertig –", begann Kevin.

Jessica hob einen Finger, um ihn zu unterbrechen. „Nein, junger Mann“, sagte sie streng, aber sanft. „Du hattest deine Zeit.“

Zu seinen Gunsten warf der Junge einen letzten wehmütigen Blick hoch zu Levi und ging dann zurück zu seinem Platz.

Levi bemerkte, obwohl er sprachlos war, dass das Kind größer aussah, als es wegging.

Jessica wandte sich ihm zu und ein blasses Pink färbte ihre Wangen. Ihre blauen Augen schienen um Verständnis zu bitten. „Es tut mir leid“, sagte sie leise. „Er macht gerade eine schwierige Zeit durch. Ich hatte keine Ahnung, dass er vorhatte, das zu tun.“

Levi war auf alle möglichen Schwierigkeiten trainiert worden. Nichts hatte ihn auf so etwas vorbereitet… es war, gelinde gesagt, irritierend. Und trauriger Weise ein wenig herzzerreißend. Er hatte Mitleid mit ihr und mit Kevin.

„Ist schon okay“, versicherte er ihr. „Da ich schon mal hier bin, kann ich den Kindern etwas sagen?“

Erleichterung leuchtete in ihrem Gesicht auf. „Ja, bitte, was immer Sie wollen. Die Aufmerksamkeit gehört Ihnen. Die Kinder wären begeistert, etwas von Ihnen zu hören. Und vielleicht würde es sie davon ablenken, was gerade passiert ist", sagte sie und fuhr in der leisen Tonlage, in der sie gerade gesprochen hatten, fort:

„Genau daran habe ich gerade auch gedacht."

Sie drehte sich zurück zu den Kindern, die jetzt aufreget miteinander sprachen. „Beruhigt euch. Polizeichef Sinclair möchte ein paar Worte zu euch sagen. Jetzt seid bitte leise und gebt ihm den Respekt, den er als unser Polizeichef und als einer der Männer, die unsere Gemeinde beschützen, verdient."

Levi schaute ihr nach, während sie zur Seite ging. Sie entschied, dieses Mal nicht wieder nach hinten zu gehen, sondern blieb stattdessen nahe der Tür stehen.

„Ich denke, Kevin hat womöglich einen tollen Vorschlag für einen Wandertag gemacht. Ich denke, ich werde mich mit Ms. Price wegen einer Führung der Klasse durch die Polizeistation absprechen und ihr, Kinder, könnt alle meine Mitarbeiter kennenlernen. So erkennt ihr sie, wenn ihr sie auf der Straße trefft, und wisst, dass sie eure Freunde sind. Und dass, falls ihr jemals Hilfe braucht, ihr sie ruhig fragen könnt." Er war fasziniert davon, wie die Kinder ihn mit voller Aufmerksamkeit anstarrten.

Einer der Jungen in der ersten Reihe hob seine Hand und Levi befand, dass Fragen von den Kindern womöglich eine gute Idee waren.

„Du hast eine Frage?" Er zeigte auf das Kind; sofort wanderten weitere Hände im Raum hoch.

Der kleine Junge grinste. „Wann werdet ihr heiraten?"

Und dann begannen die Fragen.

„Wann wirst du Ms. Price heiraten?"

„Meine Mom wird sich nicht freuen", schnaubte ein kleines Mädchen. „Sie sagt, sie würde dich heiraten, Polizeichef Sinclair. Meine Mom sagt, du bist ein heißer Feger."

„Meine Mama sagt, sie wettet, dass du gut küsst", sagte ein kleiner Junge und verzog sein Gesicht. „Das ist ekelhaft."

„Klasse", keuchte Jessica.

„Wartet mal, Kinder." Levi hob seine Hand und dachte sich, dass er vielleicht hätte gehen sollen, als er die Chance dazu gehabt hatte. Wie viele der Mütter dieser Kinder hatten über ihn gesprochen? Er warf Jessica einen flüchtigen Blick zu, die so verstört guckte wie er sich fühlte.

„Klasse", sagte sie mit fester Stimme. „Polizeichef Sinclair und ich werden nicht heiraten. Und ich wäre euch dankbar, ihr würdet das nicht herumerzählen."

„Aber Kevin hat das gesagt", verkündete jemand.

„Ja, hat er, aber nein. Wir werden nicht heiraten."

„Ich denke, es ist Zeit für mich, zu gehen." Erklärte er ihr.

Das kleine Mädchen, dessen Mutter ihn einen heißen Feger genannt hatte und ihn küssen wollte, sprang von ihrem Stuhl auf. „Meine Mom wird sich nicht freuen."

Levi antwortete nicht einmal; er ging nur so schnell ihn seine Füße trugen aus dem Klassenzimmer. Der Mitbringtag war keine gute Idee gewesen.

Überhaupt keine gute Idee.

KAPITEL ZWEI

Beschämt beobachtete Jessica, wie Levi Sinclair ohne einen Blick zurück mit großen Schritten aus ihrem Klassenzimmer ging. Ihre Stimmung sank noch tiefer als sie es ohnehin schon war, seitdem ihr Sohn den armen Mann so überfallen hatte.

„Beruhigt euch, Kinder", drängte sie.

Lana Presley, ihre Co-Lehrerin, war nach vorn gekommen, um ihr zu helfen, wieder Kontrolle über die Klasse zu gewinnen. „Okay, es reicht jetzt, Kinder. Es ist Zeit, euer Papier hervorzuholen und ein Bild von eurem Lieblingsbeitrag der Mitbringtage dieser Woche zu malen. Ich denke, wir hatten für heute Morgen genug Spaß."

Als die Kinder anfingen, sich wieder zu unterhalten, wies sie sie mit ernstem Ton in die Schranken und zu Jessicas Erleichterung, taten sie, trotz einigem Gemurre, was ihnen gesagt wurde.

„Danke dir", sagte Jessica, als sich Lana zu ihr drehte und ihr ein neckisches Grinsen zuwarf.

„Kinder sind Kinder. Also, wie fühlt es sich an, den stattlichen Polizeichef zu heiraten?", sagte sie mit ihrem starken, schleppenden, texanischen Dialekt.

Lana stammte aus einer großen Familie und hatte fünf Brüder auf der Ranch in Texas. Wie Jessica, hatte Lana ihre eigenen Gründe, um nach Windswept Bay zu ziehen – etwa ein Leben zu finden, das nicht von all den Männern in ihrer Familie dominiert war. Mit ihrem ähnlichen Drang nach Unabhängigkeit waren sie und Jessica wirklich gute Freundinnen geworden. Aber sie liebte es, zu sticheln, und jetzt war eine vorzügliche Gelegenheit, wie es schien.

„Dein Humor ist nicht angebracht", sagte Jessica mit einem leisen Zischen.

Lana kicherte und lehnte sich zu ihr. „Vor allem jetzt, da du weißt, dass, den Kindern zufolge, alle alleinstehenden Mütter in deiner Klasse den attraktiven Polizeichef auf dem Kieker haben?"

Jessica lachte nicht. „Das ist schlimm, Lana. Was soll ich machen? Wenn diese ganzen Kinder nach Hause gehen und anfangen, davon zu erzählen, wissen du und ich genau, dass sich Gerüchte verbreiten werden."

„Alles wird gut. Hör auf, dir Sorgen zu machen. Ich habe dich nur geärgert und hey, er ist attraktiv. Und offensichtlich mag Kevin ihn."

Jessica rang nach Luft. „Das ist mir so peinlich. Der arme Kerl wurde einfach überfallen. Ich habe mich gerade erst in Windswept Bay eingelebt und jetzt werde ich der Klatsch der Stadt sein. Aber das Schlimmste daran ist, dass ich nicht weiß, was mit Kevin los ist."

Lana wusste, was Kevin während der Feiertage gemacht hatte und sagte mitfühlend zu ihr: „Ja, das ist schlimm."

„Ich dachte, ihm ginge es besser, seit dem

Desaster zu Weihnachten, aber offensichtlich hat er überhaupt nichts vergessen. Er hat sich sein Geschenk gestern, als er Levi getroffen hat, selbst ausgesucht. Deswegen war er in den letzten 24 Stunden so aufgeregt." Sie rieb sich ihre Schläfe und den Schmerz, der dort pochte. Das würden ein langer Tag und wahrscheinlich eine lange Woche werden.

Lana tätschelte ihren Arm. „Ich habe dich nur geärgert. Wie mein Daddy so schön sagt: ‚Alles geht vorbei'. Wirklich, Jessica, du bist taff und kannst ein bisschen Getratsche aushalten, bis es verebbt. Und das tut es immer. Je kleiner die Stadt, desto länger bleibt es natürlich hängen… Das kann ich dir aus eigener, persönlicher Erfahrung sagen."

„Ich glaube dir. Aber damit bleibt immer noch die Frage, was *dachte oder denkt* sich mein Kind?"

„Er ist ein Junge, der natürlicherweise einen Daddy will. Er hat sich einfach Hoffnungen gemacht. Und, na ja, vielleicht ist es ein Zeichen, dass du anfangen solltest, dich zu verabreden. Du weißt schon, es zumindest versuchen."

Jessica seufzte. „Das werde ich tun, wenn ich

bereit bin.“ Sie war sich nur nicht sicher, wann das sein würde.

„Was ist los mit dir?“, fragte Ryan, als Levi in die Polizeiwache stürmte. Ryan war in Kindheit und Jugend Levis bester Freund gewesen und jetzt war er einer seiner Beamten und auch sein Schwager. Falls irgendjemand Levi kannte, dann war es Ryan.

Levi verengte seinen Blick auf seinen Freund, der Freund, den er definitiv für denjenigen hielt, der ihn in diesen kleinen Hinterhalt gelockt hatte. „Willst du wirklich wissen, was passiert ist? Denn als du Kevin gestern hierher gebracht und angefangen hast, dem Kind zu erzählen, dass ich der bin, den er wegen seines Mitbringtages fragen sollte, hätte ich wissen sollen, dass etwas dahinter steckte. Wusstest du etwas, das ich nicht wusste?“

Ryan lehnte sich in seinem Bürostuhl zurück und grinste. „Was stimmt nicht mit dir? Kevin brauchte jemanden für den Mitbringtag und ich dachte einfach nur, dass der Polizeichef die bessere Wahl wäre.“

Levi ging im Büro auf und ab, schaute in Richtung Zentrale und zischte dann, sodass nur Ryan es hören konnte: „Das Kind hat mich verkuppelt."

„Also glaubst du, dass Jillian und ich dich verkuppelt haben?"

Levi hielt nichts zurück. „Genau das glaube ich. Ich glaube, du wusstest, dass dieser kleine Junge wirklich dringend einen Daddy haben will. Armes Kind."

Ryans Miene wurde ernst. „Ja, das wusste ich irgendwie. Also habe ich dich vielleicht ein bisschen verkuppelt. Jessica ist eine tolle Frau. Und ich dachte, ich locke dich in die Falle, damit du sie zumindest kennenlernst. Das ist aber alles, was ich mir dabei dachte. Ihr seid beide erwachsen. Sobald ihr euch kennengelernt habt, liegt es an euch beiden."

„Na da hast du einen großartigen Job gemacht", brummte er, während sich die Szene aus dem Klassenraum in seinem Kopf wiederholte.

Ryan runzelte die Stirn. „Levi, was ist passiert? Warum verhältst du dich so?"

„Weil ich zu Kevins Mitbringtag nicht als

Polizeichef dort war. Ich war dort, damit Kevin mich seiner Klasse als seinen neuen *Daddy* vorstellen konnte."

Ryan brach in Gelächter aus. „Er hat dich als seinen Daddy vorgestellt?"

„Nein, tut mir leid – ich bin gerade etwas neben der Spur. Er hat den Kindern erzählt, dass ich sein neuer Daddy sein *werde*. Und dann haben die kleinen Kinder alle angefangen, mir zu erzählen, dass ihre alleinstehenden Mütter verärgert sein werden, weil sie mich küssen wollen und finden, dass ich ein Feger sei. Ein *heißer* Feger."

Ryans Gesichtsausdruck ermattete zu Ungläubigkeit. „Ich hatte keine Ahnung, dass das passieren würde. Das ist schlimm."

Levi schaute finster drein. „Wem sagst du das."

Betty Lou, die Frau in der Notrufleitstelle, steckte ihren Kopf aus der Tür der Zentrale. „Hey Boss, das könnte echt Spaß machen. Gott weiß, dass Sie eine Frau brauchen. Sie sollten das Angebot des Kindes annehmen und seine Mama heiraten."

„Betty Lou, haben Sie keine Schalttafel oder so,

an der Sie arbeiten müssen?“

Die ältere Frau lachte nur. „Darum werde ich mich kümmern. Das war einfach zu gut, um es zu ignorieren. Ich wundere mich schon, dass Sie hier nicht regelmäßig Pancakes und Liebesbriefe erhalten. Sie sind ein stattlicher Kerl und alles.“

„Hey, lassen Sie das.“

„Sie sagten, dass die ganzen Mütter der Kinder gesagt hätten, Sie seien heiß und gut gebaut. Ich frage mich nur, warum keine von denen Ihnen Gebackenes vorbeibringt. Sie wissen, dass der Weg zum Herzen eines Mannes durch seinen Bauch führt. Selbst bei einem so flachen wie Ihrem.“

Ryans Schultern zuckten, so heftig lachte er.

„Ihr seid zwei Spaßvögel. Ich denke, ich werde ein paar Runden drehen… und etwas frische Luft einatmen.“

Er verhielt sich albern, das wusste er, aber das hatte nicht in seiner Berufsbeschreibung gestanden. Und dann war da die Tatsache, dass Jessica sehr attraktiv war. Und etwas an der Art und Weise, wie er sich gefühlt hatte, als sich ihre Blick getroffen hatten, sprach ihn an – ließ ihn realisieren, dass es eine Weile her war, seitdem er bei einem Date war. Trotz der Tatsache, dass er jede Menge Möglichkeiten hatte, hatte er sich auf seine Karriere konzentriert.

Nach diesem Fiasko würde es eine Ewigkeit dauern, ehe er zu einem weiteren Date ging. Falls es eine Sache gab, die er nicht leiden konnte, dann war es Scheinwerferlicht. Er versuchte, seine Stadt und auch sein persönliches Leben aus dem Scheinwerferlicht fernzuhalten.

Sein Bauchgefühl sagte ihm, dass sich die Dinge verändern würden... zumindest für eine Weile. Vielleicht würde es keine Auswirkungen haben, aber seine Instinkte waren gut und sie sagten ihm, dass das noch längst nicht vorbei war.

Jessica bat Lana, sich um beide Klassen zu kümmern, während sie Kevin mit auf den Flur hinausnahm. Nachdem Adam gestorben war, hatte sie ihn für ein paar Monate zu einem Psychologen gebracht, aber er war mit den Dingen scheinbar gut umgegangen, sodass sie es hatten gut sein lassen. Mit dieser neuen Daddy-Obsession hatte er innerhalb der letzten paar Monate angefangen. Bis er Santa um einen Daddy gebeten hatte, hatte sie nicht bemerkt, dass er sich auf dieses neue Thema fixiert hatte. Und sie hatte bis eben gedacht, dass sie das in den Griff bekommen hätten. Auf dem Flur beugte sie sich hinunter, damit sie ihm in die Augen schauen konnte. Er sah sie mit seinen strahlenden Augen erwartungsvoll an.

„Du siehst nicht glücklich aus, Mama." Sein Blick suchte ihren. „Magst du Polizeichef Levi nicht?"

Es gab so vieles, das sie ihm sagen konnte. Aber was war das Richtige? Mutter zu sein, war nicht einfach. Unter schwierigen Bedingungen Mutter zu sein, war sogar noch schwerer und komplizierter. *Was sagt man zu einem Sechsjährigen, der sich so sehr nach einem Daddy sehnt, dass er so etwas tun würde?* „Kevin, Schatz, ich liebe dich. Das weißt du, stimmt's?"

Er nickte. „Ich weiß, dass du das tust, Mama."

„Kannst du mir sagen, warum du auf einmal so sehr einen Daddy willst? Du weißt, dass ich einen neuen Daddy finden werde, wenn die Zeit reif ist."

Dieser ernste Ausdruck, mit dem er Adam so ähnlich sah, tauchte auf seinem kleinen Gesicht auf. „Es ist Levi. Magst du ihn nicht?"

Er strapazierte ihre Geduld. „Kevin, ich kenne ihn nicht. Ich habe ihn heute erst kennengelernt, als er wegen dir herkam. Du kannst nicht einfach zu jemandem sagen, dass er dein neuer Daddy sein wird. Ich weiß, dass du einen Daddy willst, aber es ist nicht so einfach. Also mach das bitte nicht noch einmal, okay?"

„Aber –"

Tränen der Frustration, Unsicherheit und des Kummers brandeten in ihren Augen auf. „Kein aber. Das ist eine Entscheidung, die du nicht treffen kannst, Schatz." Sie zog ihn in ihre Arme und umarmte ihn fest. Fast sofort wandte er sich in ihren Armen und sie ließ ihn los. „Lass uns zurück in den Klassenraum gehen und den Tag zu Ende bringen. Und erinnere dich auch daran, dass wir morgen im Park bei der Welpenadoption helfen wollen. Das wird lustig."

„Okay", sagte er und klang nicht überzeugt.

Und sie war es auch nicht. Es war zu kompliziert. Das einzige, was sie in diesem Moment wusste, war, dass sie Levi Sinclair eine riesige Entschuldigung dafür, was passiert war und wahrscheinlich noch passieren würde, schuldete. Gottseidank war Freitag. Bis Montagmorgen würden die Kinder hoffentlich alles über den Mitbringtag vergessen haben und die Dinge würden ihren Lauf nehmen.

Glaubte sie das wirklich? Nicht eine Sekunde, aber man konnte ja träumen.

KAPITEL DREI

Am Samstagmorgen joggte Levi am Strand entlang und war wirklich froh, dass er heute seinen freien Tag hatte. Es war eine lange Nacht gewesen. Er war über die Jahre mit einer Menge Problemen fertig geworden, aber ein kleines Kind, das tut, was Kevin gestern getan hatte, war ein erstes Mal. Es hatte ihn den ganzen Tag und die ganze Nacht belastet. Levi war sich nicht sicher, ob er damit so gut umgegangen war, wie er es hätte tun können, aber er war unsicher, was er sonst hätte tun können. Daher eine schlaflose Nacht und ein anstrengender Lauf heute

Morgen.

Als er die Hintertreppe seines Hauses erreichte, zog er das Handtuch vom Geländer, wo er es immer dafür hinhing, wenn er vom Laufen zurückkam. Er trocknete sein Gesicht ab, während er über das Meer hinausblickte. Er liebte Windswept Bay und hatte das schon immer. Liebte auch seinen Job, aber er begann, sich ruhelos zu fühlen. Er hatte seine Karriere immer an erste Stelle gestellt. Hatte sich immer gesagt, dass er, wenn er sich niederließ, eine Frau suchen würde… aber diese Zeit war einfach nie gekommen. Stattdessen hatte er sich für ein Junggesellendasein entschieden und hatte das Gefühl, dass er als Polizeichef von Windswept Bay glücklich alt werden konnte, falls nicht irgendetwas Gravierendes passierte. Also was hielt ihn vom nächsten Schritt in seinem Leben ab?

Nichts, außer der richtigen Frau. Und warum hatten ein kleiner Junge und seine Mutter ihn so gepackt und ließen ihn nicht mehr los? Offensichtlich ging etwas vor sich, bei dem sich Levi nicht sicher war, ob er da hineingeraten wollte. Und dennoch blieb Levi an dem überraschten Gesichtsausdruck von

Jessica Price, als ihr Sohn seine Bombe hatte platzen lassen, kleben. Er hatte wirklich Mitgefühl für sie.

Sie hatte ihren Ehemann verloren und jetzt hatte ihr Sohn solche Schwierigkeiten. Bei ihr war offensichtlich eine Menge los.

Er nahm sich eine Flasche Wasser aus dem Kühlschrank, als er auf seinem Weg zur Dusche daran vorbeikam, und warf einen kurzen Blick auf die Uhr an der Wand. Er musste sich beeilen, wenn er es in den Park schaffen wollte.

Er hatte sich entschieden, dass es Zeit war, sich einen Hund zuzulegen. Vielleicht half er ihm dabei, das Loch, das sich plötzlich in seinem Leben auftat, zu füllen. Ein Loch, das womöglich angefangen hatte, größer zu werden, während er seinen vier Schwestern dabei zugesehen hatte, wie sie in den letzten Monaten geheiratet hatten. Sie waren glücklicher als er sie jemals gesehen hatte. Auch Ryan schien glücklicher als Levi ihn je erlebt hatte.

Aber Levi war der festen Überzeugung, dass sie ihr Glück alle gefunden hatten, als die Zeit reif war. Es war nicht so, als wäre er unglücklich. Und selbst wenn er das war, konnte er nicht einfach rausgehen und die Frau seiner Träume finden, nur weil er entschied, dass es an der Zeit dafür war.

Vor allem hatte er nichts dergleichen entschieden. Er fühlte sich nur ruhelos.

Er nahm eine Dusche und war innerhalb von dreißig Minuten angezogen und aus der Tür heraus. Ein kleiner Welpe, den er trainieren konnte, war genau das, was er brauchte. Der Zeitpunkt war perfekt.

Ein Welpe würde helfen.

Jessica beobachtete, wie Kevin und Roscoe mit ein paar Kindern der anderen Mitarbeiter des Tierheims durch den großen Parkbereich rannten. Sie war so froh, dass sie ihn damit heute ablenken konnte. Sie hatte gestern Abend über alles lange und ausführlich nachgedacht und war zu dem Ergebnis gekommen, dass ihre Situation schwieriger geworden war und sie ihm letztes Jahr viel zugemutet hatte, indem sie diesen Job angenommen und ihn von seiner Familie und seinen Freunden weggenommen hatte.

Entscheidungen wie diese zu treffen, lastete schwer auf ihren Schultern. Es war weniger stressig gewesen, als sie die Last mit Adam hatte teilen können. Das war eines der Dinge, die sie am meisten an Adam vermisste: Er war so solide, stark und kompetent. Sie seufzte. Sie vermisste ihn. Jeden Tag vermisste sie ihn.

Und warum sollte es daher für Kevin nicht noch schlimmer sein, seinen Vater zu verlieren und sich an dessen Verlust zu gewöhnen?

Es tat ihrem Herzen gut, Kevin lachen und spielen zu sehen, aber es schmerzte dennoch. Sie wollte, dass er ein so normales Leben wie möglich hatte. Und eines Tages würde sie erneut heiraten – falls sie einen guten Mann fand, der mit Kevin toll umging.

Sie hatte sich entschlossen, später am Tag bei der Polizeiwache vorbeizugehen und sich noch einmal bei Levi zu entschuldigen. Dieses Mal außer Sichtweite des aufgeweckten Sechsjährigen.

Ihr Nachbar hatte zugestimmt, sich ein paar Minuten um Kevin zu kümmern, und das war alle Zeit, die sie brauchte.

Sein attraktives Gesicht erfüllte ihre Gedanken, während sie die Klemmbretter mit den Formularen zurechtrückte. Die Studenten, die das Event des Tierheims veranstalteten, waren damit beschäftigt, mit potentiellen Hundeadoptiveltern über bestimmte Hunde, an denen sie interessiert waren, zu sprechen. Sie zeigten jeden Welpen oder Hund und versuchten, den passendsten zu finden. Sie war dafür verantwortlich, sicherzustellen, dass der Papierkram ausgefüllt wurde. Und das war für sie der richtige Job, denn wenn sie freie Hand hätte, würde sie alle Hunde adoptieren und wäre dann nicht in der Lage, sie zu füttern oder sich um sie zu kümmern, und das wäre keine gute Sache.

Daher hatte sie vor langer Zeit gelernt, dass es das Beste war, was sie machen konnte, dem Tierheim, wenn möglich, zu helfen, damit die Tiere von guten Menschen adoptiert wurden, anstatt zu versuchen, die Welt zu retten.

Momentan schauten sich zwei verschiedene Leute

die Hunde an, also bereitete sie zwei Klemmbretter mit den notwendigen Formularen vor, nur für den Fall, dass sie gebraucht werden würden. Als sie aufschaute, sah sie auf dem Parkplatz einen Mann aus einem Truck steigen. Er trug Jeans und ein dunkles T-Shirt. Sein dunkles Haar war von einer Baseballkappe verdeckt. Doch selbst aus hundert Metern Entfernung erkannte sie Levi.

Ihr Herz rutschte ihr in die Hose und setzte einen Schlag aus. Dass sie ihn selbst aus dieser Entfernung mit der Mütze erkannte, sagte ihr, dass sie ihm als Mann mehr Beachtung geschenkt hatte, als sie gern zugeben wollte. *Was machte er hier?*

Er betrat den eingezäunten Bereich und war auf halber Strecke auf dem Weg zu ihr, als er stehen und sein Blick an ihrem hängen blieb. Es war mehr als offensichtlich, dass er überrascht war, sie zu sehen. Man musste ihm zugutehalten, dass er nicht stehen blieb und davonlief, sondern stattdessen weiter auf sie zuging.

Jessica schaute kurz zu Kevin und betete, dass er

nicht in ihre Richtung blickte. Und falls doch, betete sie noch mehr, dass die Mütze, die Levi trug, seine Identität vor Kevin auf diese Entfernung verbergen würde. Sie atmete tief durch und zwang sich zu einem Lächeln.

„Polizeichef Sinclair, was machen Sie denn hier?" Sie war von ihrer Begrüßung wenig angetan. *Das war nicht gerade die richtige Art, zu fragen; es musste eine diplomatischere Art geben, um –*

„Ich könnte Sie dasselbe fragen." Sein Blick fiel kurz dorthin, wo ihrer vor wenigen Augenblicken gewesen war, und er sah Kevin, wie er sich mit Roscoe auf dem Boden wälzte.

Sie schaute von Kevin zu Levi und ihre Blicke trafen sich. Ihr fiel auf, dass er ernste, marineblaue Augen und lange Wimpern hatte… „Ich, ähm, ich bin hier, um bei dem Adoptionsprogramm zu helfen."

„Und ich bin zufällig hier, um einen Welpen zu adoptieren."

Levi Sinclair war in jeglicher Hinsicht ein guter Kerl. Natürlich trug die Tatsache, dass er Polizeichef war, dazu bei. Es war eine wirklich sichere Gemeinde – was wahrscheinlich nicht nur die kleine Gemeinde von Windswept Bay widerspiegelte, sondern auch die Tatsache, dass er wahrscheinlich einen tollen Job machte. Und das, zusammen mit dem Fakt, dass er hier war, um einen Welpen zu adoptieren, machte ihn beinahe unwiderstehlich… wenn sie interessiert wäre oder an solcherlei Dinge überhaupt denken würde.

„Das ist wundervoll. Sie haben heute die Hunde hergebracht, die eine Adoption am nötigsten haben. Unser Ziel ist es, nicht eher zu gehen, bis alle zehn von ihnen eine Familie gefunden haben, daher hoffe ich sehr, Sie finden einen, ohne den Sie nicht werden leben können. Aber zuerst muss ich mich wirklich bei Ihnen entschuldigen. Ich hatte vor, heute Nachmittag bei Ihnen im Büro vorbeizukommen. Kevin versteht nicht wirklich, was er gestern gesagt hat." Sie konnte sich nicht dazu bringen, die Worte vor ihm erneut laut auszusprechen.

„Sie müssen sich nicht entschuldigen. Es klingt, als würde Kevin eine schwere Zeit durchmachen. Ich habe breite Schultern und werde damit fertig, was auch immer er mir entgegenbringt." Er lächelte sie ermutigend an.

„Sind Sie sicher, Polizeichef Sinclair?"

„Wirklich, es ist okay. Machen Sie sich um mich keine Sorgen. Und du kannst mich Levi nennen. Ich denke, gestern hat uns auf Du-Ebene gebracht, findest du nicht?"

Der Mann war charmant. „Ich denke, du hast Recht. Ich bin Jessica."

„Levi!" Ein Kreischen der Freude durchdrang die Luft, als Kevin auf sie zu rannte.

Panik erfüllte Jessica und sie traf Levis Blick.

Levi berührte ihren Arm mit seinen Fingerspitzen. „Es ist okay, ich verstehe das."

Die Panik ließ etwas nach. „Danke", sagte sie, gerade als Kevin direkt vor Levi zum Stehen kam.

„Ich wusste nicht, dass du hier sein würdest. Holst du dir einen Hund?" Kevin neigte seinen Kopf zur Seite, doch wandte seinen leuchtenden, funkelnden Blick nicht von Levi ab.

„Ist das dein Hund?" Levi kniete sich hin. Er nahm den großen Kopf des Hundes zwischen seine Hände und kraulte Roscoes Ohren. Der Hund genoss es sehr; sein Kopf lehnte sich zur Seite und seine Zunge fiel heraus.

Es war sehr offensichtlich, dass Levi wusste, wie man mit Hunden umging. *Wusste er, wie man mit Kindern umging?*

KAPITEL VIER

Levi hatte nicht damit gerechnet, Jessica und Kevin hier zu sehen. Es schien, dass seine Stadt auf einmal sehr klein geworden war. Aber während er die riesigen Hundeohren kraulte, wanderte Levis Blick nach oben, um erneut Jessicas zu treffen, anstatt sich darüber Sorgen zu machen, was das kleine Kind als nächstes tun oder denken oder von ihm wollen würde. Bei der Panik, die er in Jessicas Gesicht gesehen hatte, hatte sich sein Herz verkrampft und er hatte seinen Arm ausgestreckt, um sie zu berühren. Er hatte ihr versichern wollen, dass alles in Ordnung war. Aber war es das? Wusste er das?

„Wirst du diesen Hund heute adoptieren?", fragte er Kevin.

Kevin lachte. „Nein, Roscoe gehört mir schon. Wir sind nur hier, um anderen Leuten dabei zu helfen, Hunde zu adoptieren. Meine Mom kann dir beim Ausfüllen der Blätter helfen, damit ein Hund dir gehört. Sie weiß ganz genau, was man da eintragen muss, damit du einen mit nach Hause nehmen kannst."

„Oh, du sagst also, Roscoe kann ich nicht adoptieren?", neckte Levi Kevin und der kleine Junge kicherte.

„Nein, er ist mein Hund. Aber ich weiß einen, den du bekommen solltest."

„Okay, lass ihn uns anschauen. Geh du vor."

„Komm schon. Ich weiß den Richtigen." Kevin nahm Levis Hand und zog ihn zu den Hunden.

Levi warf Jessica einen flüchtigen Blick zu und sah dort noch mehr Sorge. „Kommst du?", fragte er. „Wir brauchen womöglich deine Hilfe."

Sie atmete tief durch und ging vorwärts. „Ja, ich komme."

Kevin führte ihn um den Tisch und in die Mitte des Hundebereichs. Mehrere Männer und Frauen, die wie Studenten aussahen, zeigten verschiedenen Leuten die Hunde. Kevin nahm Levi mit an ihnen und mehreren Zwingern mit kleinen Hunden vorbei. Er blieb vor einem Zwinger stehen, in dem ein riesiger Hund saß. Er hatte einen großen Kopf, massive Pfoten und das Aussehen eines Labradors gemischt mit irgendetwas anderem.

„Er ist ein Welpe", erklärte Kevin. „Und er ist ein Guter."

Der *Welpe* musste mehr als fünfzehn Kilo wiegen – und falls seine Pfoten irgendein Anhaltspunkt waren, würde er vor Ende des Tages wahrscheinlich fünfzig oder mehr Kilo wiegen. Kevin streckte seinen Arm in den Zwinger, um den Hund zu streicheln, und dieser stupste mit seinem Kopf gegen Kevins Hand, als würde er seine Berührung suchen.

„Ich habe ihn Jaco genannt, weil er einfach wie Jaco aussieht."

Levi lachte. Der kleine Junge war lustig. „Na ja, Jaco passt perfekt zu ihm." Levi kniete sich hin. „Hey

Jaco. Wie geht es dir, Junge?" Der Hund legte seinen Kopf leicht schief, um Levi anzusehen, und Levi wusste, er würde hier heute mit diesem Hund weggehen. Er fragte sich, ob Kevin dachte, dass niemand einen großen Hund wollen würde, oder ob ihm überhaupt klar war, wie groß dieser Hund werden würde. Aber Levi war sich ziemlich sicher, dass die meisten Leute keinen Welpen von solcher Größe in ihre Obhut nehmen würden.

„Können wir Jaco aus dem Zwinger lassen?", fragte er Jessica. Als würde er verstehen, was gesagt wurde, stand der Hund auf und schob seine Nase durch das Gitter.

„Ja, natürlich. Bist du dir sicher?", fragte Jessica Levi.

„Ich bin mir sicher."

„Wir könnten ihm eine Leine umlegen und ihn ins Freie holen. Vielleicht lassen wir ihn ein wenig rennen." Begeisterung erfüllte Kevins große Augen.

Levi stand auf. „Dann lass uns das machen." Er wusste sehr wohl, dass er und Jaco, wenn nicht etwas Drastisches passierte und sie ihm sagten, dass er den

Hund auf gar keinen Fall haben könnte, schnell enge Freunde werden würden.

Augenblicke später hatten sie Jaco angeleint und der Hund ging mit ihnen Gassi. Der Welpe reckte seinen Kopf hoch in die Luft und versuchte, sie nach Strich und Faden durch den Park zu ziehen.

Levi lachte und schaute zu Kevin. „Ich denke, es ist offensichtlich, dass Jaco zuvor schon an eine Leine gewöhnt war. Weißt du irgendetwas anderes über seinen früheren Besitzer?"

„Ich weiß nicht. Weißt du das, Mama?", fragte Kevin, während er und Roscoe neben Jaco liefen.

Levi versuchte, sich nicht auf die Frau neben sich zu konzentrieren. Er versuchte, sich auf den Hund und Kevin zu konzentrieren, aber er nahm Jessica sehr bewusst wahr. Er sah sie fragend an.

„Ich weiß es wirklich nicht. Ich helfe nur aus, wenn sie so etwas hier veranstalten, weil sie Hilfe brauchen. Aber ich stimme zu, er wehrt sich nicht gegen die Leine. Er hatte überhaupt keine Angst vor ihr. Vielleicht hat, wem auch immer er zuvor gehörte, realisiert, dass er ein Riese werden würde – vielleicht konnten sie sich nicht um ihn kümmern und das wussten sie."

„Das macht Sinn. Er wird riesig werden." Er lächelte und sie lächelte zurück. Sie starrten einander einen Moment lang an. „Also, für wie lange seid du und Kevin schon allein?", fragte er, wobei er sicherstellte, dass Kevin mit den Hunden beschäftigt war.

„Etwas mehr als zwei Jahre. Das war unser zweites Weihnachten ohne Adam." Sie schaute kurz zu Kevin und dann zurück zu ihm und in ihren Augen war eine Bitte um Verständnis zu sehen. „Was Teil des Grundes für Kevins merkwürdige Aktion gestern ist. Ich würde das gern irgendwann mal erklären. Ich werde es jetzt versuchen, aber falls er uns unterbricht, werde ich es später fertig erzählen müssen. Wir sind hierher gezogen, weil ich ein wenig von meiner Unabhängigkeit Gebrauch machen musste. Ich schätze, die meisten Leute würden denken, dass es ein Trost wäre, Familie und Freunde und Schwiegereltern um sich zu haben, wenn man jemanden verliert, den man liebt. Und das war es, bis zu einem gewissen Grad.

Aber ich habe eine sehr willensstarke Familie und ich habe mich wie erstickt gefühlt und… ich habe spontan diesen Job angenommen, nachdem ich über einen Bekannten davon erfuhr. Ich habe Kevin nicht gefragt. Ich habe meine Familie nicht gefragt. Ich habe ihn einfach angenommen und zum Schock aller habe ich in der Mitte des Schuljahres den Umzugswagen beladen und bin quer durchs Land hierhergekommen. Das war für Kevin etwas schwierig – die letzten zwei Monate noch oben drauf zu den gesamten zwei Jahren. Ich weiß nicht, was ich mir gedacht habe. Und dann bin ich für dieses Weihnachten mit ihm über die Ferien zurück nach Kansas gefahren, um alle zu sehen. Ich denke – ich weiß es nicht – ich versuche, über alle möglichen Gründe nachzudenken, aber alles läuft auf die Tatsache hinaus, dass er seinen Vater vermisst." Sie biss sich auf die Lippe und ihre Stirn kräuselte sich, als sie sich unterbrach.

„Das ist verständlich."

„Ja, ist es. Zu Weihnachten hat er Santa dann um einen Daddy gebeten und er hat auch Gott um einen Daddy gebeten. In seinem Kopf hat er an alles gedacht, aber ich wusste nicht, wie ernst es ihm war. Bis zum Weihnachtsmorgen, als er mich ganz aufgeregt aufweckte und mich die Treppen nach unten zum Weihnachtsbaum zerrte. Nur um herauszufinden, dass dort niemand wartete. Er hatte irgendwie wirklich geglaubt, dass er unter dem Baum einen neuen Daddy finden würde. Natürlich war da kein Daddy unter dem Weihnachtsbaum. Ich habe mit ihm geredet – mein Vater hat mit ihm geredet. Wir dachten, er hätte es verstanden. Du kannst dir vorstellen, wie geschockt ich gestern war, als er uns mit seiner Verkündung am Mitbringtag überrascht hat."

„Nicht mehr als mich." Levis Herz fühlte mit dem kleinen Jungen mit. Das Alter von sechs war eine schwierige Zeit, noch immer an die Wunder der Weihnacht und Gottes Wunder glaubend, nur um zu realisieren, dass das Leben manchmal kein Märchen war. „Es tut mir wirklich leid. Klingt als hättest du eine wirklich schwierige Zeit durchgemacht."

„Es war hart. Wir haben Adam schnell und sehr unerwartet verloren. Er war ein Held – er hat eine Familie während einer Überflutung aus ihrem Auto gerettet und nachdem er sie herausgeholt hatte, hat er es selbst nicht mehr raus geschafft. Er war stark und er würde wollen, dass ich stark bin. Es war schlimm und niemanden zu haben, mit dem man etwas besprechen konnte, war wirklich schwer."

Er konnte sehen, dass sie eine starke Frau war; das bewunderte er an ihr. „Was ist mit deiner Familie?"

„Wie ich sagte, sie ist sehr willensstark. Ich habe mit ihnen über einige Dinge gesprochen, aber es gibt einen Punkt des Verständnisses und einen Punkt der Übergriffigkeit. Die Grenze haben sie überschritten und ich musste einfach mein eigener Boss sein. Und daher bin ich hier." Sie biss sich erneut auf die Lippe. „Genug über mich. Ich freue mich und das tut auch Kevin, dass du Jaco adoptieren willst. Richtig, oder?"

Er lachte. „Ja, wie könnte ich widerstehen?"

Sie lachte. „Das verstehe ich total. Er ist groß, aber liebenswert."

Kevin rannte herbei; das Kind rannte ständig irgendwohin.

„Also, was denkst du? Sollte ich Jaco adoptieren?" Levi beugte sich nach unten und rieb Jacos Kopf.

Roscoe steckte seinen großen Kopf sofort zwischen die beiden. Levi lachte. „Ich glaube, Roscoe ist über meine Entscheidung nicht so glücklich."

Kevin nickte. „Ja", sagte er. „Jaco will mit dir mitgehen. Und wir können zu dir nach Hause oder in den Park kommen und Roscoe und Jaco spielen lassen."

Da traf es Levi, dass er von einem Sechsjährigen erneut in die Falle gelockt worden war. Einem kaum 1,20 Meter großen Sechsjährigen, der eher wie ein hoffnungsvoller Vorschüler aussah. Aber als er zu Jessica aufblickte, realisierte Levi plötzlich, dass es ihm nicht so viel ausmachte. Tatsächlich machte es ihm gar nichts aus.

„Ich denke, das ist eine großartige Idee", sagte er.

Kevin reagierte sofort mit Freude, während er zu seiner Mutter aufsah. Sie schenkte Kevin ein schmales Lächeln, das ihre Augen nicht erreichte, während ihr Blick Levis traf.

„Kevin, du und Roscoe ihr spielt hier und ich nehme Levi mit zum Ausfüllen des Papierkrams."

„Aber ich will mitkommen", protestierte Kevin.

„Nein, du bleibst hier. Er kann zu dir kommen, bevor er geht."

Levi hörte die Warnung in ihren Worten und wusste, dass Kevin verstand, dass sie meinte, was sie sagte. Sie sah ihn an. „Komm mit."

Was hatte er getan? Er sah sie weggehen. Denn offensichtlich hatte er etwas getan.

„Ich werde mit Jaco hierher kommen, wenn ich fertig bin." Erklärte er Kevin und dann ging er los, um Jessica einzuholen. Sie war ein paar Meter entfernt stehen geblieben und wartete auf ihn und als er näher kam, sah er Ärger in ihrem Gesichtsausdruck.

„Was tust du?", zischte sie, während sie weiter von Kevin weg marschierte. „Ich weiß, dass du nicht ganz verstehst, was du tust, aber ihm zu erzählen, dass du anfängst, dich mit ihm mit dem Hund zu treffen und im Park zu spielen, oder – oder", stammelte sie, „uns zu dir nach Hause einzuladen, um mit dem Hund zu spielen, ist nicht das, was Kevin gerade braucht. Er hat dich gerade erst einem ganzen Klassenzimmer als seinen zukünftigen Daddy vorgestellt. Das ist nicht hilfreich. Ich habe ihm die Dinge erklärt. Habe ihm erklärt, dass du nicht sein Daddy sein wirst und dass das, was er getan hat, falsch war. Ihn so zu ermutigen, ist daher nicht hilfreich. Er hat ein Herz, weißt du. Und das Letzte, was er von dir braucht, ist, dass du seine Hoffnungen für etwas weckst, das nicht passieren wird. Was hast du dir gedacht?"

Levi schaute zu, wie sie sich wegdrehte und weiterging. Er hatte es vermasselt. Und sie hatte Recht, was hatte er sich gedacht?

Jessica schäumte. Sie sagte sich, dass Levi nicht verstand, was er tat. Das war ihr Sohn und sie war der Situation und der Frage, wie sie mit dem, was los war, umgehen sollte, schon nicht mehr gewachsen. Sie hatte die Freude in Kevins Gesicht gesehen, als ihm klar wurde, dass Levi gesagt hatte, dass sie mit den Hunden zusammen im Park spielen würden. Sie schloss ihre Augen; es war einfach zu viel, um darüber nachzudenken.

Plötzlich stolperte sie – mit geschlossenen Augen zu gehen, war auch nicht gut. Sie riss sofort ihre Augen auf. Sie wäre auf den Boden gefallen, aber Levi legte seinen starken Arm um sie und rettete sie. Ihr Herz spielte verrückt, als er sie festhielt und sie sich in der Situation wiederfand, dass sie zu ihm aufschaute.

„Geht es dir gut?"

Sie nickte und drückte sich weg. „Mir geht's gut." Sie log, im Moment ging es ihr überhaupt nicht gut.

„Hör zu, ich wollte Kevin nichts Böses. Ich dachte, ich würde helfen. Ich würde nichts tun, um ihm oder irgendeinem Kind wehzutun."

Ihr Puls hatte sich noch nicht beruhigt. Er raste unregelmäßig durch ihre Adern, während sie versuchte, seinem Blick standzuhalten. „Das glaube ich. Ich denke nur nicht, dass du die Konsequenzen unserer Situation momentan verstehst." Sie hatte schon, ohne dass Kevin sich Hoffnungen machte, indem er Zeit mit Levi verbrachte, genug, worum sie sich sorgte.

Sie nahm eines der Klemmbretter und hielt es ihm hin. „Nimm den Stift, der an dem Klemmbrett ist und füll das aus, und dann kannst du Jaco mit nach Hause nehmen."

Levi nahm das Klemmbrett, doch wandte seinen

Blick nicht von ihr ab. Ihre Augen waren beunruhigt…
und wunderschön mit ihrer Mitternachtstiefe, die im
Sonnenlicht fast schillernd aussah. Sie verschränkte
ihre Arme und versuchte, sich nicht schlecht zu fühlen,
nur weil sie wütend war. Hier ging es um Kevin.

„Ich verstehe, was du sagst. Ich höre dich laut und
deutlich. Und ich kann es nachvollziehen." Er warf ihr
eine freundliche Miene zu, bevor er anfing, die Papiere
auszufüllen. Diese Freundlichkeit machte es nur
schwieriger, weil sie ihn mochte. Er war ein wirklich
netter Mann.

Und… er hatte etwas an sich, das – sie hielt inne
und war nicht gewillt, irgendetwas anderes über Levi
Sinclair herauszufinden, das sie von dem aktuellen
Problem ablenken würde.

Stunden später war Levi im Supermarkt, um nach
anderem Hundefutter zu schauen als dem, das er auf
dem Weg vom Park nach Hause geholt hatte. Jaco
weigerte sich, das Futter zu fressen – eigentlich
weigerte er sich, irgendetwas anderes zu tun als am

Fenster zu sitzen und nach draußen zu starren.

Es war, als würde er immer noch denken, er wäre in seinem Zwinger und das Glasfenster wäre seine Sicht nach draußen. Daher war Levi zu dem Supermarkt gefahren, um etwas anderes zu finden, mit dem er den Hund locken konnte. Er hoffte, dass es morgen besser werden würde. Natürlich würde der Hund Zeit brauchen, um sich an seine neue Umgebung zu gewöhnen. Das hatte er erwartet. Aber er hatte Mitleid mit dem armen Tier.

Levi war im Gang mit dem Hundefutter, als er jemanden seinen Namen rufen hörte. Er drehte sich um und sah eine Frau und ein kleines Mädchen ein paar Meter von ihm entfernt.

„Da ist er, Mommy. Er wird Kevins neuer Daddy."

Was? Dann erkannte er das kleine Mädchen als das Mädchen wieder, dessen Mutter gesagt hatte, er sei ein heißer Feger – unter anderem.

Die Mutter schaute ihn mit dunkelblauen, neugierigen Augen an. „Meine Lisa hat mir erzählt, Sie würden heiraten. Das ist zu schade", sagte sie mit einer Stimme voller Bedauern.

„Nein, ich werde nicht heiraten", entgegnete er sofort.

Ihre Miene hellte sich auf. „Oh, wirklich? Dann sind Sie noch auf dem Markt?"

„Nein. Ich meine, ja. Aber –"

Sie trat einen Schritt näher. „Ich bewundere Sie seit langer Zeit." Sie ließ ihren Blick über ihn wandern und ihre Augen funkelten, als sie zu seinen zurückkehrten. „Ich würde gern mit Ihnen zu Abend essen… Ich würde sogar Abendessen für Sie kochen –"

Er trat zurück. „Es tut mir leid. Ich bin zurzeit ziemlich beschäftigt. Aber", er trat einen weiteren Schritt zurück und nahm den Beutel Hundefutter, der in seinem Sichtfeld war, „Danke für das Angebot." *Was sollte er sonst sagen?*

Sie legte ihm eine Hand auf den Arm. „Das Angebot steht. Jederzeit. Mein Name ist Trisha Mosley. Rufen Sie mich an."

Levi schaute von ihr zu dem kleinen Mädchen und lächelte. Er war sich nicht sicher, wie er reagieren sollte.

Die Sechsjährige schaute ihn böse an. „Du hast

gelogen. Warum hast du gesagt, du würdest Kevins Daddy werden?"

„Ich habe nicht gesagt –" Er hielt sich davon ab, sich der Sechsjährigen zu erklären. „Ich muss gehen. Mein Hund wartet auf Futter." Und damit drehte er sich um, ging mit großen Schritten davon und bog um die Ecke, sobald er sie erreichte. *Das war peinlich.* Er war der Polizeichef und rannte davon… vor einer Sechsjährigen und ihrer Mutter.

Er bezahlte das Hundefutter und zwang sich, nicht über seine Schulter zu schauen. Er war auf halbem Weg zu seinem Auto, als ihm klar wurde, dass er die Chance sofort ergriffen hätte, wenn es Jessica Price in diesem Gang mit dem Hundefutter gewesen wäre, die ihm eine offene Einladung zum Abendessen gegeben hätte.

Aber nach heute wusste er, dass es an der Küste Floridas einen Schneesturm geben würde, ehe das passierte.

Auf dem ganzen Rückweg nach Hause dachte er an Jessica und Kevin. Als er in die Küche kam, war er überrascht, dass Jaco an der Tür auf ihn wartete. „Na,

Hallo Jaco." Sein Herz erwärmte sich bei der Vorstellung, dass sich der Welpe womöglich wirklich freute, ihn zu sehen.

Jaco neigte seinen großen, braunen Kopf zur Seite und musterte ihn, während sein Schwanz einen halbherzigen Schlag auf dem Boden machte.

„Es ist okay, Kumpel. Du kannst dich entspannen, denn du wirst hier bleiben. Ich habe mich bereits mit der Tatsache angefreundet, dass du so groß wie eine kleine Kuh werden wirst." Er streichelte Jacos Kopf und stellte den Beutel Hundefutter auf den Boden. „Jetzt lass uns schauen, ob du diese Marke frisst. Denn ich weiß nicht, ob es dir klar ist, aber ein wachsender Hund wie du muss fressen."

Levi öffnete den Beutel und schüttete etwas in den großen Topf, den er als Hundefressnapf benutzte. Und Jaco begann sofort, zu fressen.

Erleichtert, dass wenigstens das geschafft war, fuhr sich Levi mit einer Hand durchs Haar, lehnte sich gegen den Tresen und sah seinem Hund beim Fressen zu.

Sein Telefon klingelte und er ging ran.

„Hey man." Es war sein Bruder Jake. „Hast du uns was verheimlicht? Ich habe heute von einer Kundin im Tauchshop gehört, dass du heiraten wirst?"

Levi rieb sich seinen Nacken. „Nein, das stimmt nicht. Aber ich glaube, dass das früher oder später jeder in der Stadt denken wird."

Und Jessica war wahrscheinlich klar gewesen, dass das passieren würde. Deswegen hatte sie sich erneut entschuldigt. Er erzählte Jake kurz, was am Mitbringtag und heute passiert war, inklusive dem Vorfall im Supermarkt.

Jake entfuhr ein leises Pfeifen. „Das ist verrückt. Immerhin weißt du, dass du ein Date haben kannst und solltest. Vielleicht ist das ein Zeichen für dich, dass es im Leben mehr gibt als Arbeit."

Levi schaute kurz zu Jaco. Der Hund beobachtete ihn. „Ja, damit magst du Recht haben. Dasselbe gilt aber auch für dich", sagte er mit einem kurzen Lachen. „Ich habe nicht mitbekommen, dass du dir was Festes suchen willst."

„Ich mag der Situation nicht abgeneigt sein. Zumindest habe ich Verabredungen. Ich suche nach

Liebe." Er zog das Wort *Liebe* übertrieben lang.

„Das tust du, das lässt sich nicht leugnen. Okay, ich muss mit meinem Hund spazieren gehen."

„Klingt gut. Vielleicht solltest du in den Hundepark gehen – dort sind wahrscheinlich eine Menge alleinstehende Hundebesitzerinnen. Vielleicht sogar eine süße Lehrerin." Jake endete mit einem Kichern, dann war die Leitung tot.

Levi dachte an Jessica und fragte sich, ob sie womöglich im Hundepark sein würde. Er sah zu Jaco. „Was hältst du davon, in den Hundepark zu gehen?"

Der Hund bellte sofort, als wüsste er genau, wovon Levi sprach.

KAPITEL FÜNF

Wenn Jessica noch einer anderen Person sagen musste, dass sie sobald nicht heiraten würde – und vor allem nicht den Polizeichef – würde sie schreien. Was hatte sie sich gedacht, als sie an diesem Morgen aufstand und entschied, mit Kevin in die Kirche zu gehen? Nach dem, was am Freitag passiert war, hätte sie wissen sollen, dass das eine schlechte Idee war. Die Fragen gingen sofort los. Die erste Person, die sie traf, stellte die Frage und als sie von der sechsten Person dieselbe Frage bekam, war sie bereit, ihre Tasche und ihr Kind zu schnappen und dort abzuhauen.

Das hatte sie natürlich nicht getan, aber während der gesamten Messe hatte sie das Gefühl gehabt, dass die Blicke auf ihr klebten, denn so merkwürdig es auch war, mehrere Frauen in der Gemeinde waren von der Vorstellung, dass der attraktive Polizeichef heiratete, nicht entzückt. Nachdem sie sich einige Male wiederholt hatte, würden diese Frauen hoffentlich die Wahrheit hören und realisieren, dass der Polizeichef noch immer zu haben war und dass das nur ein durch ihr verwirrtes Kind ins Leben gerufenes Gerücht war.

Jillian Locke, ihre neue Freundin, die zufälligerweise Levis Schwester war, holte sie nach der Messe ein und grinste schelmisch. „Also ich habe gehört, wir werden Schwägerinnen. Das hättest du mir sagen sollen." Ihre Augen funkelten.

„Oh Jillian, was soll ich tun? Die Leute hier halten deinen Bruder offensichtlich für den Größten und freuen sich nicht einmal über die entfernte Vorstellung, dass er vom Markt sein könnte. Selbst wenn das nicht stimmt. Während der ganzen Messe habe ich die Blicke im Rücken gespürt." Sie lehnte sich vor.

„Spürst du sie nicht?" Sie ließ ihren Kopf leicht nach rechts zucken und Jillians Blick folgte der von Jessica angezeigten Richtung.

Zwei Frauen standen in eine Unterhaltung vertieft am anderen Ende der Rasenfläche, während sie zu Jessica starrten.

„Oh, du redest von Loretta und Diane. Diese beiden sind seit der Highschool hinter meinem armen Bruder her. Ich kann dir sofort sagen, dass die dir keine Konkurrenz machen."

Jessica schaute ungläubig zu Jillian. „Nein, ich mache ihnen keine Konkurrenz. Dein Bruder und ich kennen uns kaum. Er ist einfach zum Mitbringtag gekommen, weil du und Ryan Kevin mit auf's Revier genommen habt und ihn vermutlich vorgestellt habt. Der arme Kerl wurde von meinem Sohn überrumpelt. Und ich auch."

„Das war vielleicht ein Zeichen oder so etwas. Mein Bruder ist ein toller Typ, der zu viel arbeitet und nicht genug an seine eigenen, momentanen Bedürfnisse denkt. Seitdem er Polizeichef geworden ist, hat er alles, was er hat, in die Stadt gesteckt. Und nur unter uns, er wird in seinen Gewohnheiten etwas festgefahren und es ist Zeit für ihn, sich zu binden. Olivia, Cali und Shar stimmen mir zu."

„Aber ich nicht. Ich bin für so einen Schritt nicht bereit."

Jillian schaute sie mitfühlend an. „Glaube mir, wenn ich dir sage, dass ich es verstehe, wenn man nicht bereit für ein neues Kapitel in seinem Leben ist. Vor Weihnachten habe ich erfahren, dass es eine sehr hohe Wahrscheinlichkeit gibt, dass ich womöglich keine Kinder bekommen kann und ich wünsche mir Kinder so sehr. Ich will wissen, wie es sich anfühlt, mein eigenes Kind, mein eigenes Baby auszutragen. Aber das wird womöglich nicht passieren."

Jessica konnte es nicht glauben. „Das tut mir so leid", sagte sie.

„Danke, aber ich erzähle dir das, damit du weißt, dass ich nicht bereit war, davon zu erfahren, als ich es tat. Und dann trat Ryan zurück in mein Leben und glaube mir, wenn ich dir sage, dass wir versuchen, herauszufinden, ob es eine Möglichkeit gibt, dass ich unser Kind bekommen kann. Aber wenn ich im nächsten Jahr oder so nicht schwanger werde, dann werden wir uns anderen Optionen zuwenden müssen. Ich erzähle dir das, auch wenn der Verlust deines Ehemanns und meine Situation – das ist kein Eins-zu-Eins-Vergleich, aber die Quälerei, die ich durchgemacht habe, bevor Ryan und ich uns wiedergefunden haben, ist ähnlich. Du stehst das durch und machst mit deinem Leben weiter. Wenn die Zeit richtig ist. Das mag keinen Sinn ergeben, aber lass uns einfach sagen, dass du deine Tür für Möglichkeiten nicht verschließen solltest. Lass das Licht an und schau, was passiert."

Auf dem Weg nach Hause dachte Jessica darüber nach. Als Adam gestorben war, hatte sie das Gefühl gehabt, die Lichter wären erloschen, und sie war sich nicht sicher, ob sie das Licht jetzt schon wieder anschalten konnte.

Kevin hingegen war offensichtlich bereit, den Schalter umzulegen.

Auf dem Weg nach Hause kamen sie am Hundepark vorbei, als Kevin im Rücksitz begann, auf und ab zu hüpfen. Sie warf ihm einen kurzen Blick im

Rückspiegel zu. „Was freut dich so?"

„Können wir mit Roscoe zum Hundepark gehen? Ihm hat es gestern wirklich gefallen."

„Nein, du kannst mit Roscoe im Garten spielen."

„Ach Mama, er kann auf der großen Fläche rennen und spielen und er hat nur diesen kleinen Garten. Er ist ein großer Hund. Seine Beine kriegen Krämpfe. Und, und… er, er braucht etwas Spielzeit."

Sie sah erneut zu Kevin und befand, dass sie heute vielleicht tatsächlich zum Hundepark gehen sollten. Sie hatte nicht die Energie, um die ganze Zeit Mom die Spaßmacherin zu sein. „Okay, es ist ein wundervoller Tag für den Hundepark."

Kevin jauchzte vor Glück und gab ihr kaum Zeit, sich Jeans und ein leichtes Sweatshirt anzuziehen, als sie zum Haus zurückkamen. Heute wehte eine leichte Brise; die Temperaturen im Januar waren niedriger als die normale, warme Temperatur, die in Windswept Bay die meiste Zeit des Jahres herrschte. Doch sie brauchte nicht lange, um Roscoe zusammen mit dem hyperaktiven Kind ins Auto zu laden.

Als sie am Park ankamen, waren dort nur drei

andere Autos. Sie beachtete sie nicht wirklich, während sie neben einem Truck parkten und ausstiegen. Roscoe und Kevin rasten durch das Tor und in den Parkbereich vor ihr. Erst als sie durch das Tor ging und es zumachte, sah sie, worauf ihr Sohn und sein Hund zu rannten. Direkt zu der vertrauten Gestalt von Levi Sinclair. Und Jaco.

Sie standen in der Mitte des Parks. Levi hielt einen Stock und brachte Jaco vermutlich das Apportieren bei. Jessica stöhnte, auch wenn Aufregung sie erfüllte. Es war, um es milde auszudrücken, irritierend.

Er sah sie und zu ihrer Überraschung lächelte er mit aufrichtigem Gefallen, obwohl sie ihn am Vortag harsch angegangen war.

„Hi Levi. Bringst du deinem Hund das Stöckchenholen bei?", fragte Kevin. „Roscoe weiß, wie man das macht. Wirf den Stock für ihn und er kann es Jaco beibringen." Kevin ratterte seine Sätze im Schnellfeuer herunter.

Levi warf den Stock. Das war alles, was es brauchte, damit Roscoe in Aktion sprang, während er nach dem Stock rannte und Jaco ihm folgte. Genauso wie Kevin.

„Wir müssen aufhören, uns so zu treffen", sagte Levi.

In seiner Stimme lag eine gewisse sexuelle Attraktivität, die ein Schaudern durch Jessica hindurchfahren ließ.

Sie war dafür nicht bereit, sagte sie streng zu sich selbst, als sich etwas in ihrem Inneren ein wenig zu entwinden schien. „Ich verfolge dich wirklich nicht."

„Das weiß ich. Gestern warst du die erste. Und ich derjenige, der aufgetaucht war."

„Oh, stimmt. Also, wie kommen du und Jaco miteinander aus?" Sich auf den Hund zu konzentrieren, war ein sicherer Bereich für eine Unterhaltung.

„Ich bin mir noch nicht sicher. Er frisst nicht wirklich gut. Ich habe zweimal das Futter gewechselt und von dem zweiten hat er heute Morgen ein wenig gefressen, aber er frisst nicht so, wie ich denke, dass er es für einen Hund von seiner Größe tun sollte."

„Er akklimatisiert sich wahrscheinlich noch. Womit fütterst du ihn?" Sie beobachtete die beiden Hunde und ihren Sohn, wie sie dem Stock nachjagten, den Kevin aufgehoben und erneut geworfen hatte.

Levi sagte ihr den Namen der beiden verschiedenen Futtersorten, die er Jaco zu fressen gab.

„Jaco ist fast alt genug, um normales Futter zu fressen. Ich könnte dir etwas von dem geben, womit wir Roscoe füttern, und du kannst das probieren. Roscoe scheint es sehr zu mögen." Sie fragte sich, was sie da tat, denn wenn er Hundefutter von ihr bekommen sollte, hieß das, dass er zu ihrem Haus kommen müsste. Aber das war in Ordnung.

„Bist du sicher? Ich würde mich nicht aufdrängen wollen, aber wenn du denkst, dass die Chance besteht, dass Jaco es fressen würde, dann nehme ich dein Angebot an. Ich mache mir Sorgen um ihn."

„Dann kannst du mir, nachdem sie hier im Park gespielt haben, nach Hause folgen und ich werde dir etwas geben. Ansonsten müssten wir es im Tierheim holen und die haben heute geschlossen oder ich würde dich einfach dorthin schicken."

„Das weiß ich zu schätzen. Abgesehen von der Futtersituation denke ich, dass wir miteinander auskommen werden. Aber ich bin froh, dass du aufgetaucht bist. Er spielt wirklich gern mit Roscoe und Kevin. Wir sind seit etwa einer Stunde hier und die ganze Zeit über hat er nicht so viel Freude gezeigt."

Jessicas Blick verengte sich. „Du bist seit einer Stunde hier?" Sie dachte zurück an die Situation, als Kevin sie gefragt hatte, ob sie zum Hundepark gehen könnten. Sie warf einen flüchtigen Blick zum Parkplatz und bemerkte, dass Levis Truck von der Straße aus sehr gut zu sehen war. *Ihr Sohn hatte sie in die Falle gelockt.*

„Ja, bin seit einer Stunde hier. Warum?"

„Nichts. Ich habe mich nur –" Sie hielt inne und entschied sich, ihm nicht davon zu erzählen, dass sie in eine Falle gelockt worden war, „gewundert."

Sie gingen jetzt ein Stück. Levi musste aus dem Weg springen, als Kevin lachend vorbeirannte, während die beiden Hunde ihm auf den Fersen waren. Sie lachte und spürte beim Klang von Kevins Freude ein Glücksgefühl durch sie hindurchtaumeln.

„Hast du irgendwelche Nachwirkungen vom Mitbringtag erlebt?" Levi hob eine Augenbraue, während er einen flüchtigen Blick in ihre Richtung warf.

„Meinst du Dinge wie Blicke im Nacken von Frauen, die gehört haben, dass der Polizeichef heiratet? Falls du danach fragst, dann ja, habe ich." Sie lachte. „Wusstest du, dass du ein sehr begehrter Typ in Windswept Bay bist?" Sie konnte nicht anders als ihn anlächeln, vor allem als er sein Gesicht verzog.

„Ja, ich hatte selbst einen Vorfall. Außerdem war es ein wenig peinlich an diesem Tag in der Klasse wegen dem, was die Kinder gesagt haben." Er schüttelte den Kopf. „Ich habe viel gearbeitet. Ich denke nicht wirklich viel darüber nach. Bis letztens – wie am Freitag." Er lachte und sah ein wenig verlegen aus.

Das gefiel ihr an ihm. Es war fast als würde er nicht verstehen oder realisieren, warum alleinstehende Frauen verärgert sein würden, dass ein Typ wie er heiratete – oder dass sie *dachten,* er würde heiraten, erinnerte sie sich selbst.

Sich an so etwas erinnern zu müssen, war ein wenig beunruhigend.

„Du hast also keine Verabredungen?" *Warum*

stellte sie eine so persönliche Frage?

„Nicht viele. Es ist eine Weile her, dass ich ein Date hatte – mindestens einige Monate."

Sie zuckte mit den Schultern. „Es ist auch eine Weile her, dass ich ein Date hatte." Sie räusperte sich. „Aber du weißt, dass ich meine Gründe dafür hatte. Du hast sie womöglich auch. Ich kenne dich nicht wirklich, aber du scheinst ein Kerl mit einer großartigen Karriere zu sein, angesehen von allen, die dich kennen, und soweit ich weiß, kommt dir nichts in die Quere."

Sie hatte keine Ahnung, warum sie mit ihm darüber redete, außer der Tatsache, dass es schön war, mit jemandem zu reden... mit einem Mann. Sie unterhielt sich die ganze Zeit mit Frauen, aber außer den paar Männern, die an ihrer Schule unterrichteten, war es lange her, seitdem sie eine wirkliche Unterhaltung gehabt hatte, und es fühlte sich gut an. Selbst wenn ihre Neugier ihr zuvor kam.

Er sah sie direkt an. Sein Blick wurde ernst, als wäre sie gerade dabei erwischt worden, mit dem Auto zu schnell unterwegs gewesen zu sein. Es war verunsichernd.

„Ich treffe in der Stadt ständig Frauen… aber bis jetzt habe ich nicht den Drang verspürt, eine besser kennenzulernen."

Jessicas Herz hämmerte, als würde sie gerade über eine Klippe fahren und ihr Fuß lag schwer auf dem Gaspedal. Sie trat einen Schritt zurück und schaute zu Kevin und den Hunden. „Ich denke, wir sollten mit den Hunden und Kevin spielen." Sie wartete nicht darauf, dass er zustimmte, sondern begann stattdessen, auf ihren lachenden Sohn zuzugehen. Sie brauchte etwas, um die Unterhaltung umzulenken, denn sie war sich fast sicher, dass Levi ihr gerade zu verstehen gegeben hatte, dass er an ihr interessiert war. *Und das war nicht gut. Oder? Nein – war es nicht*, sagte sie streng zu sich selbst.

Aber als sie ging, hatte sie ein Problem. Sie wusste, dass sich gerade etwas in ihr geregt hatte. Etwas, dass sie seit langer Zeit nicht empfunden hatte: *Interesse.*

Hier war etwas zwischen ihr und diesem Mann. Und Jessica wusste nicht, was sie davon halten sollte.

„Mama, schau wie Jaco den Stock holt. Roscoe hat es ihm beigebracht." Kevin warf den Stock so kräftig sein sechsjähriger Arm in werfen konnte. Die Hunde stürmten darauf zu und Kevin drehte sich um, lachte und schaute zu ihr.

Kevins Gesicht strahlte vor Freude, mehr Freude als Jessica seit einer Ewigkeit gesehen hatte. Sie bewegten sich durch gefährliches Gewässer. „Das ist wundervoll." Sie hatte Schwierigkeiten, Blickkontakt mit ihm zu halten und nicht zu Levi zu schauen, der sich neben sie gestellt hatte.

„Wie hast du ihm das so schnell beigebracht?", fragte Levi.

Kevin zuckte mit den Schultern. „Das ist einfach. Ich habe einfach mit ihnen gespielt."

Levi lachte. „Einfach für dich, Kleiner. Das ist fantastisch. Ich hab offensichtlich noch viel vor mir. Ich denke, du musst ein Hundeflüsterer oder sowas sein." Als wäre er ernsthaft von dem, was Kevin in nur ein paar wenigen Minuten erreicht hatte, beeindruckt, warf Levi Jessica einen fassungslosen Blick zu. „Ich bringe meinen Hund nicht zum Fressen und Kevin hat ihm in unter zwanzig Minuten das Apportieren beigebracht. Wie?"

Jessica konnte nicht anders als zu kichern. Levi machte keinen Spaß. Und irgendwie war es faszinierend, andererseits hatte Kevin ein Händchen für Hunde, genauso wie sein Vater es gehabt hatte. „Er ist sowas wie ein Hundeflüsterer, nur damit du es weißt. Adam war Trainer für Assistenzhunde. Er hatte ein Händchen für Tiere. Und auch wenn Kevin erst vier war, als sein Vater starb, hat Kevin die meiste Zeit seines Lebens damit verbracht, bei seinem Vater zu sein, während Adam mit den Assistenzhunden aus unserem Zwinger gearbeitet hat. Er hatte die Gabe seines Vaters schon von klein auf und das war offensichtlich. Hunde reagieren auf ihn."

Kevin strahlte wieder. „Mein Daddy hat Hunden beigebracht, alle möglichen coolen Sachen zu machen. Da war ein Mann, der hatte –" Kevin unterbrach sich tief in Gedanken. „BTEP. Er hatte BTSP und er hatte Albträume und manchmal hat er doll gezittert. Mein Dad hat seinem Hund beigebracht, ihm zu helfen. Und dem Mann ging es viel besser, wenn der Hund seinen

Kopf auf sein Knie legte."

„Der Mann hatte PTBS, Posttraumatische Belastungsstörung?", fragte Levi.

„Ja, das war es. Ich sage es nie richtig." Kevin sah Levi ernst an. „Es kam vom Krieg."

„Ist schon okay", sagte Levi mit Mitgefühl in seiner Stimme. „Ich finde es wirklich toll, dass dein Daddy Männern, die ihm Krieg waren, geholfen hat."

„Ich auch. Wenn er nicht gestorben wäre, hätte er mehr geholfen. Mein Daddy war wie du", sagte Kevin und starrte aufrichtig hinauf zu Levi. „Polizisten helfen Menschen. Mein Daddy hat Menschen geholfen. Und ich werde auch Menschen helfen."

Jessicas Herz blieb stehen. Sie schluckte schwer, wobei sie von ihrem Sohn zu Levi schaute.

Levis Blick streifte kurz ihren, bevor er sich wieder auf Kevin konzentrierte. „Ich bin mir sicher, deinem Daddy würde es gefallen, zu wissen, dass du in seine Fußstapfen trittst."

„Ich kann nicht in seine Fußstapfen treten, weil er jetzt nicht hier ist", sagte Kevin feierlich. „Aber ich kann in deine treten." Er lächelte. Und dann drehte er sich weg, rannte zu den Hunden und umarmte beide. Dann hob er den Stock auf und warf ihn erneut.

Jessica beobachtete ihn und sie spürte, wie Levi neben ihr dasselbe tat. Für einige Augenblicke beobachteten sie ihn still.

„Geht es dir gut?", fragte Levi schließlich.

„So gut, wie es mir gehen kann", sagte sie, wobei man die Schwere in ihrer Stimme hörte. „Mein Sohn hat ein gutes Herz."

„Klingt als hätte er das von dir und seinem Vater."

Daraufhin schaute sie zu ihm und spürte Verständnis zwischen ihnen. „Ich würde gern so denken. Adam war der beste Mann, den ich je gekannt habe." Ihre Stimme brach. „Ich denke nicht, dass ich eine so gute Person bin, wie er es war."

„Und warum sagst du das?", fragte Levi in ungläubigem Tonfall.

Sie schniefte. „Weil ich dagegen ankämpfen muss, tierisch wütend zu sein, dass er dabei gestorben ist, jemanden zu rettete, während er seinen eigenen Sohn hier zurückließ, der nun ohne ihn aufwächst."

Sie fühlte sich schrecklich, dass sie so etwas sagte,

aber in Momenten wie diesen spürte sie, wie sehr ihr Baby seinen Daddy brauchte. Jetzt wusste Levi, was für eine schreckliche Person sie war. Aber das war vielleicht eine gute Sache. Wenn er realisierte, dass sie keine so gute Person war, wie er offensichtlich dachte, dann würde er es womöglich sein lassen.

Und das wäre das Beste.

KAPITEL SECHS

Levi verspürte ein überwältigendes Bedürfnis, Jessica in seine Arme zu ziehen und sie festzuhalten, um einen sanften Kuss auf ihre Schläfe zu setzen und ihr das Haar aus dem Gesicht zu streichen, damit er die Anspannung und den Schmerz, den sie empfand, lindern konnte. Sein Herz wurde von den beiden Gefühlen berührt. Und von dem Mann, der bei der Rettung einer anderen Familie gestorben war und dabei seine eigene Familie zurückgelassen hatte.

„Ich denke, das sind wahrscheinlich normale Gefühle, meinst du nicht?"

Sie schaute weg. „Vielleicht. Aber ich habe sie noch immer und wenn ich es gewesen wäre, die gestorben wäre, wäre Adam wahrscheinlich so stolz auf mich gewesen, dass ich Leben gerettet habe, dass er solche Gedanken womöglich nicht gehabt hätte."

Er konnte nicht anders, nahm ihren Arm und drehte sie sanft um, damit sie ihn ansah. „Ich denke, da liegst du falsch. Wenn er ein so guter Mann war, wie du sagst, und wenn er dich so sehr geliebt hat, wie ich sicher bin, dass er es tat, dann hätte er dich unter keinen Umständen verlieren wollen. Diese Gedanken von dir sind falsch. Ich kenn dich kaum und weiß das." Er kannte sie seit drei und Kevin seit vier Tagen. Aber er wusste, dass, wenn ihnen morgen etwas zustoßen würde, er sie nie vergessen würde. „Ich weiß, dass dein Ehemann am Boden zerstört gewesen wäre, wenn er dich oder Kevin verloren hätte. Das steht außer Frage."

Sie atmete tief durch. „Danke. Was musst du von uns denken? Es scheint, dass es so aussieht, als würde mein Leben auseinanderbrechen anstatt dass ich es wieder zusammenfüge."

„Überhaupt nicht. Ich habe bei meiner Arbeit viel

Verlust gesehen. Verlust kommt, denke ich, in Ebbe und Flut wie Gezeiten. Und schließlich zieht sich die Flut zurück und kommt nur allmählich wieder herein, aber sie ist nie komplett weg. Und ich denke nicht, dass irgendjemand das wollen würde. Nach dem Tod meines Großvaters erzählte mir meine Großmutter, als ich Sorgen geäußerte hatte, weil sie an dem einen Tag geweint hatte, dass ich ihn, als sein Enkelsohn, schrecklich vermisste, aber als seine Frau seit sechzig Jahren vermisste sie ihn noch mehr. Das verstand ich, obwohl ich jung war. Und sie sagte, dass ihre Tränen weniger geworden waren, aber sie immer wieder kommen würde, zumindest hoffte sie das, weil sie bedeuteten, das mein Opa gelebt hat und geliebt worden war. Daran ist nichts Falsches. Das bedeutete nicht, dass sie nicht weitermachte."

Jessica atmete tief ein und langsam wieder aus. Er konnte sehen, dass sie all das aufnahm.

„Danke. Ich denke, ich verstehe voll und ganz, warum ich heute Morgen in der Kirche die Blicke in meinem Nacken gespürt habe und warum meine Klasse so hartnäckig bezüglich der Gefühle ihrer

Mütter reagiert hat, als Kevin das Gerücht in die Welt setzte, dass du und ich heiraten werden. Es ist nicht schwer zu sehen, dass du ein toller Kerl bist. Und jeden Tag, an dem du nicht nach ihr suchst, bringst du jemanden wirklich um ihr Glück."

Er grinste. „Alles, was ich dazu sagen kann, ist, dass, solange die Zeit nicht reif ist, ich nichts übers Knie brechen werde. Habt ihr Lust auf Mittagessen?"

Sie würde wahrscheinlich nein sagen, aber er fragte dennoch. Die Vorstellung, dass sie jetzt gehen und in eine andere Richtung als er fahren würde, war einfach nichts, was er wollte. Er schaute nicht weiter als bis zu dem Fakt, dass er mehr Zeit mit ihr verbringen und ihr Freund sein wollte. Er hatte das Gefühl, dass sie für mehr in ihrem Leben momentan keinen Platz hatte und das war okay für ihn. Vorerst.

„Ich sollte nein sagen." Sie hielt seinem Blick stand. „Aber Mittagessen klingt gut. Auch wenn es heikel werden kann, wenn es um Kevin geht."

„Das verstehe ich. Ich verstehe auch, dass es schwer sein kann, dein Leben zu leben und Freundschaften zu vermeiden oder dich von Leuten fernzuhalten. Daher werde ich vorsichtig sein."

„Dann klingt Mittagessen gut."

„Hey Kevin, bist du hungrig?"

„Ja", rief das Kind und rannte zurück in ihre Richtung, wobei die Hunde ihm folgten. „Können wir Pizza essen? Ich habe wirklich Hunger auf Pizza."

„Du hast immer Hunger auf Pizza. Du wirst dich noch in eine Peperoni verwandeln."

Levi lachte. „Was für ein Zufall, aber ich habe auch Riesenhunger auf Pizza."

Jessica rollte mit den Augen. „Dann wird es wohl Pizza."

„Dann lasst uns einpacken und Pizza holen."

Er hatte das Gefühl, es könnte unschön werden, aber jetzt gerade schien der Tag hell und strahlend.

Lana wartete am Straßenrand, wo die Kinder abgesetzt wurden. Heute Morgen war sie an der Reihe, den Schülern beim Aussteigen zu helfen, während Mütter an die Schule fuhren und ihre Kinder für den Tag herausließen. Ihr Gesicht strahlte vor offener Neugier, als Jessica sie auf dem Gehweg traf.

„Also ich habe im Lehrerzimmer heute Morgen gehört, dass du in der Pizzeria auf der Hauptstraße gesichtet wurdest, mit niemand anderem als Kevins zukünftigem Daddy." Sie kicherte und dann verengten sich ihre Augenbrauen. „Was läuft da?"

„Ich habe keine Ahnung, Lana. Ich denke, ich habe meinen verdammten Verstand verloren. Du kannst dir nicht vorstellen, was dieses Wochenende alles passiert ist." Sie erzählte ihr kurz von dem Treffen mit Levi im Hundepark wegen der Adoption und dann Sonntagmorgen in der Kirche und dann davon, wie ihr Sohn sie in den Hundepark gelockt hatte, um zu spielen, nachdem er Levis Truck dort auf dem Weg von der Kirche nach Hause gesehen hatte. Und dann ihre Unterhaltung mit Levi und dass sie der Verabredung zum Mittagessen zugestimmt hatte, was nicht wirklich eine Verabredung gewesen war… es war einfach ein Mittagessen. Punkt.

Und es war wundervoll gewesen. Aber das erzählte sie Lana nicht.

Autos fuhren an den Straßenrand und sie mussten

Kindern aus dem Auto helfen, aber sobald eine Lücke entstand, kam Lana wieder hinüber.

„Aaalso", gurrte sie, als sie wieder neben Jessica stand. „Das waren sehr ereignisreiche drei Tage. Aber ich bin neugierig wegen der Verabredung zum Mittagessen mit dem verführerischen Polizeichef. Wie war das?" Sie sprach langsam und gedehnt und wackelte mit ihren Augenbrauen.

Jessica seufzte. „Oh Lana, er ist wirklich wundervoll." Und das war er… was das Problem war. „Ich verstehe, warum so viele Frauen von den Gerüchten, dass er womöglich vom Markt sein könnte, verärgert scheinen… ganz egal, wie falsch die Gerüchte sind."

„Du magst ihn", keuchte sie. „Oh, Jessica, das ist wundervoll. Klingt als wärt ihr euch näher gekommen."

„Aber, es ist nicht so einf –"

Ihre Freundin packte sie an den Armen. „Verschließ dabei nicht die Tür. Atme tief durch und geh es langsam an. Es ist zwei Jahre her, seitdem du

Adam verloren hast, und ich weiß, dass dort Dinge in deinem Kopf und deinem Herzen vor sich gehen, die nur jemand verstehen kann, der einen Ehemann oder eine Ehefrau verloren hat. Aber ich weiß, dass es da für einen Moment ein Funkeln in deinen Augen gegeben hat und ich es gesehen habe."

„Nein –"

Lana lächelte. „Etwas geht da vor sich. Würg es nicht einfach ab."

„Ich habe Angst, Lana. Und das allein bereitet mir Schuldgefühle."

„Das verstehe ich. Und ich wette, es wird ein Prozess sein, der sich selbst aufklären wird. Solange du dich dem nicht verschließt. Versprich mir, dass du die Tür dazu, diese neue Möglichkeit zumindest zu erkunden, nicht zuschlagen wirst."

Jessica fühlte sich flau im Magen, aber sie nickte. „Okay. Ich verspreche nicht, dass irgendetwas passieren wird, aber ich werde versuchen, mich dem Prozess nicht zu verschließen."

Lanas Blick wurde weicher. „Gut für dich. Ich bin

hier, weißt du. Jederzeit, wenn du mich brauchst."

„Danke. Du hast keine Ahnung, wie viel Trost mir das gibt." Es war riesig.

Am Montagnachmittag kam Max, Levis Bruder, der beim Spezialkommando des Militärs war, im Büro vorbei. Als er hereinkam, hielt er einen Kuchen in der Hand, der mit dekorativem Zellophan und buschig gekringelten Bändern verpackt war.

Levi war gerade von einem Bebauungsplanungstreffen zurückgekommen, bei dem er von verschiedenen Leuten gefragt worden war, ob die Gerüchte wahr wären, dass er bald heiratete.

„Sonderlieferung", Max streckte ihm den Kuchen entgegen.

Max brach gerade zu einem Einsatz auf und wie immer wusste niemand, wohin er ging oder wann er zurück sein würde.

„Ich sehe ja, dass du dabei bist, die Stadt zu verlassen, aber ich bin nicht sicher, warum du mir Kuchen bringst. Ich sollte eher dir einen mitgeben."

„Der ist nicht von mir. Der stand draußen auf dem Fußweg mit deinem Namen und der Karte drauf." Er grinste und stellte den Kuchen auf den Tisch.

Levi nahm den Kuchen und blickte auf die Karte. Auf jeden Fall war sein Name in einer hübschen Handschrift draufgekritzelt. Er schaute hinein und las. *Die Einladung steht noch.*

Seine Gedanken wanderten zu der Frau im Lebensmittelladen und ihrer Einladung zum Abendessen.

„Also ist es wahr, dass sich Gerüchte über dich und geheime Verehrerinnen überall ranken? Und nun bekommst du Kuchen auf die Türschwelle der Polizeiwache gestellt... interessant, Bruder." Max versuchte gar nicht erst, zu verbergen, wie ihn die Situation amüsierte.

„Es stimmt", rief Betty Lou aus der Zentrale. „Ihr Bruder ist jetzt der begehrteste Mann der ganzen Stadt." Betty Lous Kichern prallte von der Wand des kleinen Raumes ab und drang zu ihnen herüber.

„Betty Lou, ich hab Ihnen schon heute Morgen gesagt, dass das nicht mehr lustig ist."

„Aus meiner Sicht ist es urkomisch", rief sie zurück.

Levi schüttelte den Kopf und blickte in die lachenden Augen seines Bruders.

Max legte den Kopf schief. „Betty Lou, ich bin eher Ihrer Meinung, was das betrifft. Chief, bist du verheiratet, wenn ich zurückkomme?"

„Stachel sie nicht noch an, Max. Das alles wird sich bei deiner Rückkehr erledigt haben, außer du fährst heute und kommst morgen wieder. Aber deine Einsätze dauern für gewöhnlich mindestens eine Woche, daher hoffe ich, dass in einer Woche alles vorbei ist."

„Ich bin wahrscheinlich bis Ende der Woche zurück. Ich bin mir nicht sicher, was wir tun werden, aber ich habe das Gefühl, dass es wahrscheinlich ein dreitägiger Einsatz wird. Das ist alles, was ich sagen kann, aber du kennst die Regeln. Wie dem auch sei, ich wollte vorbeikommen und fragen, ob du ein paar Mal bei mir vorbeischauen und Charlotte füttern könntest."

„Alles klar. Pass auf dich auf da draußen." Levi streckte seine Hand aus.

Max ergriff sie mit festem Handschlag und dann umarmten sie sich.

„Ich bin immer vorsichtig."

„Ich habe dich schon verstanden, aber es schadet nichts, das nochmal zu sagen. Halte dich zurück und werde nicht übermütig."

Max grinste. „Scheint als müsstest du auf dich selbst aufpassen, während ich weg bin. Dieser Kuchen sieht nach einer ernsten Angelegenheit aus. Bald türmt sich hier womöglich eine halbe Bäckerei auf."

Levi hielt inne und dachte kurz über die besorgniserregende Vorstellung nach. „Nee, das wird nicht passieren." Zumindest hoffte er das. Er war hier, um die Leute von Windswept Bay zu beschützen, nicht, um das Ziel der Ehemännerjagd zu sein.

Max stemmte seine Hände in die Hüften und musterte ihn. „In all diesen Hallmark Filmen, die unsere Schwestern während ihrer Kindheit und Jugend geschaut haben, sind solche Dinge, glaube ich, die ganze Zeit passiert. Ich würde Ausschau nach Kuchen halten."

„Ich werde sie zu dir schicken", grummelte Levi.

Sie verließen das Büro und gingen auf den Bürgersteig. Er hatte keine Ahnung, wohin diese Gerüchte führen würden, aber er wusste, dass Jessica die einzige Person war, von der er Kuchen bekommen wollte, und er wusste nicht, was er deswegen tun sollte. Er musste sie aus seinem Kopf bekommen. „Du wirst also rechtzeitig für Moms Geburtstag zurück sein?"

„Das hoffe ich. Es wird eine schöne Geburtstagsfeier", sagte Max.

„Ich glaube, Cam kommt auch runter, auch wenn er gerade erst wegen Weihnachten hier war. In letzter Zeit verbringt er mehr Zeit hier und ich fange an, mich zu fragen, ob er seine Wurzeln vermisst."

„Das ist mir auch aufgefallen. Ich freue mich, dass er hier sein wird, denn falls ich es irgendwie doch nicht rechtzeitig zurück schaffe, na ja, dann werden zumindest alle anderen hier sein." Er warf einen kurzen Blick auf seine Uhr. „Okay, ich muss bald im Stützpunkt sein. Und hey." Er schaute über seine Schulter, während er seine Hand auf den Griff seiner Autotür legte. „Falls etwas passiert und du frisch verheiratet oder fast verheiratet bist, wenn ich zurückkomme, nur zu, man."

„Wird nicht passieren." Levi lachte. „Aber um ehrlich zu sein, mag ich Jessica. Aber sie hat ihren ersten Ehemann verloren und sie hat im Moment ein sehr empfindliches, zerbrechliches Herz. Vorerst ist nicht viel Platz für mehr als sie besser kennenzulernen."

„Mir gefällt, dass du an jemandem interessiert bist. Es wird Zeit, denn du hast dich niedergelassen. Ich werde mich nicht festlegen, nicht mit meinem wechselhaften Zeitplan und dem damit zusammenhängendem Risiko. Oh, hey, ich habe gehört, dass du einen neuen Welpen hast."

Levi lachte. „Du solltest meinen Welpen sehen. Er ist so groß. Ich wusste, dass niemand diesen Hund adoptieren würde und ich konnte ihm nicht widerstehen."

„Liebe auf den ersten Blick. Man sagt, das gibt es auch zwischen Mann und Frau." Max grinste. „Muss los."

„Wir lassen für dich ein Licht brennen. Bis bald."

Max stieg in seinen Truck, winkte kurz und fuhr

dann los. Levi war stolz auf seinen Bruder und das Land sollte es auch sein.

Anstatt zurück nach drinnen zu gehen, entschied er, einen Spaziergang zum Bootsanleger zu machen. Ryan drehte seine Runde, genauso wie auch der andere Polizeibeamte. Ein wenig frische Luft würde ihm jetzt gut tun. Er hatte es Max nicht erzählt, aber er hatte letzte Nacht nicht viel geschlafen und ihm war eine bestimmte rotblonde Frau durch den Kopf gegangen.

Sie ging ihm seit ihrem ersten Treffen durch den Kopf. Und er hatte das Gefühl, dass es so für eine sehr lange Zeit bleiben würde.

KAPITEL SIEBEN

Am Mittwoch setzte Jessica Kevin zum Spielen beim Haus ihrer Freundin ab und hatte drei Stunden für sich zur freien Verfügung. Als alleinerziehende Mutter und Lehrerin waren drei Stunden nichts, was sie verschwenden wollte. Sie hatte in Erwägung gezogen, sich mit einer seltenen Maniküre und Pediküre zu verwöhnen, aber dann an ein Mittagessen mit Jillian gedacht. Sie versuchten jetzt schon seit einer Weile, sich zum Mittag zu verabreden, und hatten noch keine passende Gelegenheit gefunden.

Sie wählte die Nummer. „Hey Jillian, hier ist Jessica."

„Jessica, schön, von dir zu hören."

Sie klang als wäre sie in Eile, vielleicht ging sie wirklich zügig. „Du klingst beschäftigt. Ich habe angerufen, damit wir uns vielleicht auf einen Kaffee treffen, da wir bisher noch keine Zeit für ein Mittagessen gefunden haben. Ich habe heute drei Stunden frei."

„Oh, das wäre so toll. Aber ich kann nicht. Ich bin tatsächlich jetzt gerade auf dem Weg zu einem Arzttermin. Zurzeit ist es wirklich schlimm mit uns, unsere Terminpläne miteinander abzustimmen. Aber morgen vielleicht?"

„Wir werden es hinkriegen. Ist alles okay? Du bist hoffentlich nicht krank."

Es gab eine Pause. „Nein, die Wahrheit ist, dass ich zum Arzt gehe, um herauszufinden, ob ich schwanger bin. Bitte sag niemandem irgendetwas, denn die Chancen stehen gegen mich, aber ich muss dir sagen, dass ich gerade echt nervös bin. Wünsch mir Glück – noch besser, bete für mich und Ryan."

„Oh, darauf kannst du wetten“, sagte Jessica, die verstand, wie wichtig dieser Moment für sie war.

„Okay, ich muss los, aber wir treffen uns bald zum Mittag oder auf einen Kaffee.“

Nachdem sie das Telefonat beendet hatte, betete Jessica für ihre Freundin und entschied dann, dass ein Kaffee allein reichen musste. Sie würde ihren favorisierten Mocha Latte und ein Stück Käsekuchen bestellen und einfach für dreißig Minuten entspannen, während sie entschied, was sie mit ihren anderen zwei Stunden anfangen würde.

Sie parkte ihr Auto am nahegelegenen Café und ging in das Gebäude. Das war ein beliebter Ort und sie musste in der Schlange warten. Hinter ihr öffnete sich die Tür, sie drehte sich um und sah Levi hereinkommen. Ihr verschlug es den Atem und ihr Herz machte Sprünge.

Ihre Unterhaltung mit Lana klang ihr in den Ohren, als sein Blick ihren traf, er durch den Raum kam und hinter ihr stehen blieb.

„Wir werden aufhören müssen, uns auf diese Art zu treffen.“ Ein Lachen lag in seiner Stimme und ein verführerisches Funkeln in seinen Augen.

Er sah so gut aus und es ließ sich nicht leugnen, dass sie sich freute, ihn zu sehen. „In letzter Zeit denken wir auf jeden Fall ähnlich."

Er grinste. „Ich beschwere mich ganz und gar nicht. Wie geht es dir?"

Er sah so aus, als freute er sich, sie zu sehen. Sie hatte ein flaues Gefühl im Magen und sie musste zugeben, dass sie sich freute, ihn zu sehen. „Mir geht's gut", sagte sie ein wenig zögerlich.

„Falls du allein hier bist, würde ich dir gern Gesellschaft leisten."

Wie konnte sie ihm widerstehen? „Klar. Ich habe ein paar freie Stunden, während Kevin bei einem Freund zuhause ist. Sie arbeiten an einem Projekt. Ich denke nicht, dass es fair von mir wäre, ihm bei diesem Projekt zu helfen, wenn ich seine Lehrerin bin, daher ist er zu seinem Freund gegangen und sie arbeiten gemeinsam daran. Und das gibt ihm die Chance, Zeit mit jemand anderem als immer nur mit mir zu verbringen."

Sie war an der Reihe mit Bestellen, daher fragte

sie nach Kaffee und Käsekuchen.

Er grinste. „Ich bin heute zur perfekten Zeit gekommen, um meinen Kaffee zu holen. Ich nehme dasselbe, was sie hat und die Rechnung, bitte", sagte er zu dem Mädchen.

„Klar, Chief", sagte das Mädchen. „Ich habe gehört, dass Sie heiraten werden."

Er schaute kurz zu Jessica und sie zwang sich zu einem neutralen Gesichtsausdruck.

„Sandy, das ist ein Gerücht."

„Meine Schwester hat also immer noch Chancen?" Sandy lächelte frech und Jessica bekam das Gefühl, dass das Mädchen im Highschool-Alter ihn nur ärgerte.

„Mein Herz wird immer Melinda gehören."

„Da wird sie sich sehr freuen."

Sie gingen ans Ende des Tresens, um auf ihre Bestellung zu warten, und Jessica konnte nicht anders als zu fragen: „Du und Melinda also?"

„Jupp. Sie ist ein großartiges kleines Mädchen. Ich werde in achtzehn Jahren oder so heiraten. Melinda ist vier."

Jessica lachte. „Oh, jetzt verstehe ich."

„Ich habe eine Vorahnung, dass sie das Interesse an mir vor dem Hochzeitsdatum verlieren und mich mit gebrochenem Herzen zurücklassen wird."

„Na, das hoffen wir jedenfalls." Sie mochte ihn mehr und mehr. Und er konnte so gut mit Kindern, das war offensichtlich… oder zumindest konnte er das, wenn er nicht von einem Raum voll mit ihnen aus dem Hinterhalt überfallen wurde. „Du hast heute also wieder frei?"

„Stell dir das vor, der Polizeichef hat freie Zeit."

„Stell dir das vor." Ihr Lächeln wurde breiter.

„Ich bin dabei, zum Haus meines Bruders Max zu fahren und nach dem Rechten zu sehen, da er gestern die Stadt verlassen musste. Aber das kann ich nach dem Käsekuchen machen."

Ihre Bestellung kam und sie gingen zu einem Tisch am Fenster. „Max ist also dein Bruder, der beim Militär ist?", sagte sie ein wenig unsicher. Sie und Jillian hatten ein bisschen geredet und sie wusste ein wenig über seine Familie. Aber es gab so viele von ihnen, dass Jessica beinahe nur geraten hatte.

Sie wusste, dass er vier Brüder und vier

Schwestern hatte und daher war es mit neun von ihnen eine Herausforderung an sich, ihre Namen auf die Reihe zu kriegen.

„Ja, Max ist in einer Sondereinsatztruppe der SEALs. Er ist bei einem Einsatz. Und wenn er bei einem Einsatz ist, gehe ich alle paar Tage bei seinem Haus vorbei. Es liegt einige Kilometer außerhalb der Stadt."

„Das ist nett von dir. Er ist also bei einem Einsatz? Einem gefährlichen Einsatz?"

„Ich bin mir sicher, dass, wenn sie ihn rufen, es sehr gefährlich ist. Einsätze von denen nie jemand etwas wissen wird."

„Ich weiß nicht, ob ich damit umgehen könnte. Wenn ich mit einem Mann mit einem so gefährlichen Beruf verheiratet wäre, würde ich mir die ganze Zeit Sorgen machen. Das Leben ist so schon gefährlich genug. Dein Job ist mir zu gefährlich."

„Bei meinem Job geht es nicht direkt in Kampfsituationen wie bei Max. Wenn du jeden Tag aus deinem Haus und zu deinem Auto gehst, gibt es schon Risiken. Du kannst dein Leben nicht in Angst verbringen. Vorbereitet, aber nicht in Angst."

Sie wusste, dass er wahrscheinlich Recht hatte, aber sie wusste auch, dass er die Gefahren zu ihren Gunsten kleinredete. „Ich neige dazu, mir mehr Sorgen zu machen als ich sollte."

„Ich kann mir denken, dass du dir, nachdem du deinen Ehemann auf so dramatische Weise verloren hast, mehr Sorgen machst."

Sie trank von ihrem Kaffee und dachte darüber nach, wie viel sie mit ihm teilen sollte. Er würde denken, dass sie von nichts anderem als Adams Tod redete. Aber er schien interessiert. „Direkt nachdem er gestorben war, kam diese Ruhe über mich. Als hätte ich verstanden, dass alles aus einem Grund passiert und dass alles an deinem Leben in Stein gemeißelt ist und wenn es für dich Zeit ist, zu gehen, du gehen wirst." Sie hielt inne und erinnerte sich an diese schrecklichen ersten Stunden und Tage, nachdem Adam gestorben war. „So merkwürdig es klingt, ich habe Frieden damit empfunden und ich war bereit, zu gehen. Es war als stünde ich mit einem Fuß in der Tür zum Himmel, wo Adam bereits war." Sie fragte sich, was Levi dazu sagen würde.

Sein Gesicht spannte sich an. „Ich finde es schrecklich, dass du das durchgemacht hast. Empfindest du jetzt noch so?"

Sie zuckte mit den Schultern. „Die Zeit heilt. Sie lässt mich nicht vergessen, aber sie hilft, dass ich mich mehr wie mein altes Ich fühle. Und ich weiß nicht, ob ich jemals wieder heiraten werde, aber ich weiß, dass es niemand mit einem risikoreichen Beruf wäre. Ich habe zu viel verloren und ich will das nicht wieder durchmachen, wenn ich es anders machen kann."

Levi schaute gedankenverloren und dann nahm er einen Schluck von seinem Kaffee, bevor er eine Gabel in seinen Käsekuchen tauchte. Sie tat dasselbe.

„Also", sagte er schließlich. „Hypothetisch gesprochen sagst du, dass jemand wie ich nie eine Chance bei dir haben würde."

Sie zuckte zusammen. „So habe ich das nicht gemeint. Ich… du bist ein toller Kerl, aber ich denke nicht. Ich… denke nicht, dass ich es zulassen würde, mich in dich oder jemanden wie dich oder deinen Bruder zu verlieben."

Er hatte seine Hand neben seinem Kaffee abgelegt und jetzt tippten seine Finger still auf den Tisch, als würden sie den Beat zählen, während er nachdachte. Einen Moment später tauchte sein Blick in ihren ein. „Ich glaube nicht, dass mir das gefallen wird. Aber ich werde meine Chancen ergreifen, da ich wirklich gern dein Freund bin."

Ihr fiel es schwer, sich auf irgendetwas anderes als den Ausdruck in seinen Augen zu konzentrieren: intensiv und gänzlich fokussiert. Sie war hypnotisiert von ihm. Und sie wusste nicht, was sie sagen sollte… *Ha* – sie wusste nicht, was sie denken sollte.

Seine Lippen zuckten nach oben. „Hör auf, dir Sorgen zu machen. Ich sehe es in deinen Augen. Ich habe es verstanden. Alles davon." Er streckte ihr seine Hand hin. „Freunde?"

Sie starrte auf diese Hand. Und sie hatte beinahe Angst, sie zu nehmen. Angst vor den Funken, von denen sie wusste, dass seine Berührung sie in ihr entfachen würden. Aber sie hatte Lana versprochen, dass sie nicht davonlaufen würde. „Freunde."

In dem Moment, in dem sie ihre Hand in seine legte und das rauere, männliche Gefühl seines Griffes auf ihre weichere Haut traf, rutschte ihr das Herz in die Hose.

„Gut. Ich freue mich, dass wir zumindest Freunde sind. Zu Max nach Hause zu fahren, wird mich etwa eine Stunde hin und zurück kosten. Hättest du Lust, mit mir rauszufahren? Er lebt an einem einzigartigen Ort – der ist die Fahrt wert. Ohne Hintergedanken."

Sie war dabei, an ihrem Kaffee zu nippen und hielt inne. „Ich weiß nicht." Sie wusste, dass sie nicht ja sagen sollte. Dass sie nach Hause gehen und die Wäsche waschen oder etwas anderes, ähnlich Aufregendes tun sollte, bevor sie Kevin in etwas mehr als zwei Stunden abholte. Aber, nun ja, das war eine Möglichkeit, etwas… etwas für sich selbst zu tun. Sie fühlte sich sogar schuldig, weil sie darüber nachdachte, aber sie nickte dennoch. „Okay", sagte sie und sie konnte hören, wie Lana ihr applaudierte.

Sie befand, dass Lana womöglich schlechten Einfluss auf sie hatte.

Levis aufrichtig erfreutes Lächeln ließ hinter ihren Rippen Schmetterlinge hervorbrechen.

„Großartig." Er sagte nichts, während sie beide einander anstarrten, als wären sie sich nicht sicher, wie es von diesem Moment aus weiterging. Er grinste und löste die plötzliche Spannung zwischen ihnen. „Dann iss du erstmal diesen Käsekuchen auf. Du hast ihn bisher kaum angerührt und er ist zu gut, um ihn stehen zu lassen. Wie du sehen kannst, werde ich meine letzten beiden Happen in Angriff nehmen. Wir fahren los, wenn du fertig bist." Er grub seine Gabel in seine Süßspeise.

Sie fühlte sich plötzlich unbeschwert, schnitt in ihren Käsekuchen und nahm einen Happen. Der Kuchen schmolz auf ihrer Zunge, doch sie schmeckte jetzt wenig von ihm.

Wenige Minuten später saßen sie in seinem Truck und fuhren aus der Stadt heraus. Ihr Magen wechselte zwischen einem flauen Gefühl und einem Tosen von nervöser Energie hin und her. Sie versuchte, beides zu ignorieren und sich einzureden, dass das nichts mit ihrer Anziehung zu dem reizvollen Mann hinter dem Lenkrad des Trucks zu tun hatte.

Nein, diese Gefühle waren vor allem Begeisterung darüber, etwas Spontanes zu tun und etwas Spaß zu haben. Etwas freie Zeit außerhalb des Hauses zu verbringen. Das war es, versicherte sie sich selbst.

Es hatte nichts mit Anziehung zu tun.

Überhaupt nichts.

KAPITEL ACHT

„Dir gefällt es also, Lehrerin zu sein?“, fragte Levi nach einigen Kilometern die Straße entlang. Er hatte über das, was sie in dem Café gesagt hatte, nachgedacht. Der Verlust ihres Ehemannes und welchen Einfluss das auf sie hatte. Wie sie sich so gefühlt hatte, als stünde sie bereits mit einem Fuß in der Himmelstür. Und dann über seinen Job als zu gefährlich. Sie schien genauso gedankenverloren wie er es war, seitdem sie in seinen Truck gestiegen waren.

„Ja, mir gefällt es“, sagte sie. „Und ich liebe es, im Sommer ein paar Monate frei zu haben. Für mich ist es die perfekte Konstellation, da ich während des Schuljahres die Wochenenden und auch die Nachmittage mit Kevin frei habe. Ich muss ihn nicht zur Tagesbetreuung geben und das ist eine gute Sache. Ich habe ihn von zuhause weggebracht, wo seine Großmütter sich gefreut hätten, ihn abwechselnd von der Schule abzuholen, sodass sie sich hätten um ihn kümmern können, während ich meine Arbeit beendet hätte."

„Ich schätze, das ist eine wirklich gute Sache daran, Lehrer zu sein." Er warf ihr einen kurzen Blick zu. „Vielleicht geht es mich nichts an, aber warum bist du mit ihm weggegangen? Ich weiß, dass du gesagt hast, du fühltest dich erdrückt."

Sie atmete tief ein und er entdeckte Anspannung in ihrem Gesicht. „Weil ich, denke ich, erwähnt habe, dass ich eine sehr willensstarke Familie habe. Na ja, es ist mein Vater. Ich habe lange gebraucht und dazu noch Adams Hilfe, um auf eigenen Füßen zu stehen und Kontrolle über mein Leben zu übernehmen. Mein Vater meint es gut, aber er hatte immer den Hang dazu, zu versuchen, mir zu sagen, was das Beste für mich ist.

Mein Leben zu übernehmen. Und es war schwer, ihn dazu zu bringen, loszulassen. Ich hatte Angst, dass ich die Unabhängigkeit, für die ich so hart gekämpft hatte, verlieren würde. Dieses Jobangebot ist einfach aufgetaucht und ich habe es ergriffen."

Levi warf ihr einen ermutigenden Blick zu. „Du wirst deine Unabhängigkeit nicht verlieren. Du hast eine Entschlossenheit an dir, die nicht zu verbergen ist." Er lachte, während er auf die Straße schaute. „Vielleicht hattest du mal Schwierigkeiten, aber jetzt nicht mehr."

Sie lachte und er mochte den Klang davon. „Ich wünschte, ich wäre so sicher wie du klingst."

„Glaube mir, ich habe den Blick in deinen Augen dort im Café gesehen. Du weißt, was du brauchst und stehst fest auf beiden Beinen. Du wirst es hinkriegen, Jessica. Genauso wie auch Kevin."

„Danke für das Vertrauensvotum."

„Jederzeit." Er lächelte und bog dann auf eine unbefestigte Straße ab. Es war eine abgelegene Gegend, überwachsen und der Weg war wirklich nicht viel mehr als Fahrspuren, aber es war, was Max gerade wollte.

Er wandte seine Augen von dem wuchernden Grün ab und sah, wie ihr Blick skeptisch herumwanderte. „Okay, ich werde dich vor Max Haus warnen. Es sieht ein wenig rustikal aus, aber es ist nicht so schlimm wie es aussieht. Er mag seine Privatsphäre und sein Haus ist in Arbeit."

„Es sieht sehr abgeschieden aus." Jessica schaute sich um und sah nichts als Palmen und Pflanzen.

„Warte noch. Wenn wir um die Kurve kommen, sieht es besser aus." Er folgte der Kurve und vor ihnen öffnete sich die Lichtung.

Dort war ein Tor; Levi sprang heraus, öffnete es und joggte dann zurück zum Jeep. „Es ist abgeschieden. Und wie ich gerade sagte, in Arbeit. Aber es passt zu Max."

Sie fuhren durch die Bäume, während er sprach, und Jessica war gespannt, was sie sehen würde.

„Max hat geschickte Hände. Er mag es, Dinge zu bauen. Im Moment hat er einen wirklich kleinen Lebensraum und baut selbst sein eigenes Haus. Es geht langsam voran, weil Max mal da und wieder weg ist.

Wir wissen nie, ob er für eine Woche oder drei Monate weg ist."

Sie schnappte nach Luft, als sie um eine weitere Kurve zu einem sehr kleinen Strand abbogen.

Er lächelte. „Schön, was?"

„Oh, ich kann verstehen, warum er hier lebt. Es ist wundervoll."

Levi nahm die Schönheit, an die er sich gewöhnt hatte, auf, aber verstand, was sie dachte, da sie es zum ersten Mal sah. Das Wasser, das die Insel umgab, war von einem wunderschönen Topasblau, aber hier schien es ein wenig dunkler und das hellblaue Segelboot, das an einem Anker direkt vor der Küste festgemacht war, kam zu dem malerischen Anblick hinzu. Ein paar farbenfrohe Strandstühle standen vom letzten Mal, als sich er und seine Brüder vor ein paar Wochen zu einem Lagerfeuer hier am Strand getroffen hatten, im Sand verstreut.

„Ist das sein Haus?" Sie deutete auf den Rand der Bäume, wo eine Hütte oder so etwas unter den Palmen nistete.

„Das ist es."

Das Land hinter der kleinen Hütte stieg leicht an. Ein Weg führte über die natürliche Bodenbedeckung zu einem Bereich, wo ein größeres Gebäude gebaut wurde. „Und dort oben, teilweise versteckt, ist das, was in Arbeit ist."

„Ich liebe es", sagte sie mit einem Lachen in der Stimme. „Und du hast Recht – an dem kleinen Haus ist nicht viel dran."

Er parkte und beobachtete, wie sie die Hütte musterte. „Es ist aus Holz und Fenstern vom Sperrmüll gebaut." Sie hatte ein schräges Dach und war ebenfalls in einem verblichenen Blau gestrichen. Ein Stand-Up-Paddleboard lehnte, gemeinsam mit einem Surfbrett, gegen die Wand und an der Seite war ein rotes Kajak auf einem Ständer. Ein kleiner Tisch, Stühle und eine Feuergrube waren dort ebenfalls.

Ihm gefiel es, sie zu beobachten, und er war froh, dass er sie hierher gebracht hatte. Mit jeder verstreichenden Sekunde wusste er, dass er sie, trotz ihrer Aussage zu ihrer Inkompatibilität wegen seines

Jobs, kennenlernen wollte. Und Zeit mit ihr zu verbringen, war die einzige Möglichkeit, das zu tun.

Jessica hatte viel zu viel Spaß, während sie aus dem Truck ausstieg und auf die perfekte, kleine Hütte zuging. Sie sah wie das perfekte Versteck aus, wie sie dort in die tropische Umgebung eingebettet war. Wie eine winzige Hütte, die man sie in einem Gemälde sehen konnte. Ihre Vorstellungskraft ließ die Romantik dieses Ortes auf sich wirken… okay, sie sollte also ihre Vorstellungskraft von einigen dieser Gedanken wegschleifen, da wanderte ihr Blick zu Levi. Er war ihr voraus zur Eingangstür gegangen. *Wenn der Mann schon in Uniform gut aussah, sah er in T-Shirt und Shorts sogar noch besser aus.*

Sie ging zur Seite des Hauses, um das Kajak besser sehen zu können und um etwas Abstand zwischen sich und Levi und hoffentlich auch den zunehmend ablenkenden Gedanken bezüglich dieses Mannes zu bringen. Ein Geräusch schreckte sie auf. Sie trat zurück und keuchte, als das Gestrüpp raschelte und geschüttelt wurde. Plötzlich brach ein wildes Schwein durch das Unterholz. Sie schrie, taumelte zurück und fiel mit dem Steiß zuerst in den Sand.

Das Schwein trottete direkt auf sie zu und begann, an ihr zu schnüffeln.

„Oh mein Gott", brachte sie hervor und war froh, dass sie nicht einfach nur aus Furcht geschrien hatte. Und froh, dass sie auf weichem Sand gelandet war.

„Alles okay bei dir?" Levi grinste, als er herbeikam, um nach ihr zu sehen.

Sie blickte zu ihm hinauf. „Mir geht's gut. Aber ist dieses Schwein ungefährlich?" Es grunzte, während es seine schwarzbärtige Nase gegen ihre Rippen presste.

„Charlotte ist harmlos. Sie überprüft dich nur. Du hast dir nicht wehgetan?"

„Nein, nur mein Stolz hat was abbekommen."

Er hielt ihr eine Hand entgegen. „Meinetwegen muss er sich nicht angekratzt fühlen. Charlotte ist ein Schwein und Reißaus vor ihr zu nehmen, wäre die natürliche Reaktion von jedem."

Sie nahm seine Hand und fühlte den Bewusstseinsstrom durch sie hindurch wandern, während er sie in den Stand hochzog. Ihr Herz pochte, als sie im Stehen mit ihm zusammentraf.

„Er war nicht sehr kreativ, als es um ihren Namen ging", sagte Levi sanft, während sie dort standen.

Sie fühlte sich atemlos und ließ ihren Blick von ihm zu dem Schwein wandern, um es auf die gleiche Weise zu mustern, wie es das Schwein mit ihr tat. „Du bist dir sicher, dass sie mich nicht beißen wird?"

„Nein, sie ist ein liebes Schwein, aber sie sind großartige Wachhunde. Schweine sind sehr territorial und auch wenn sie gerade niemandem meldet, dass du hier bist, weiß sie, dass niemand hier ist, dem sie Bescheid sagen kann. Aber wenn Max zuhause ist, wenn er dort oben am Haus arbeitet oder wenn er im Haus ist und jemand das Grundstück betritt, lässt Charlotte ihn das wissen."

Warum brauchte Max so viel Privatsphäre und musste alarmiert werden, wenn jemand auf seinem Grundstück war? Sie war neugierig, sich aber nicht sicher, ob sie fragen sollte oder nicht.

„Komm rein. Ich muss sie füttern und schau nur kurz nach allem und dann können wir wieder fahren."

Er nahm einen Schlüssel unter einem Stein an der Hausseite hervor. Er schloss die Tür auf und ging hinein und dann steckte er seinen Kopf zurück nach draußen und schaute zu ihr. „Es ist okay. Komm rein. Das könnte dich interessieren."

Sie folgte ihm nach drinnen. Charlotte trottete neben ihr herein und hätte sie in ihrer Eile ins Haus zu kommen fast umgestoßen. Jessica lachte, während sie das Schwein beobachtete, wie es vom ersten Raum in einen anderen Raum auf der Rückseite der Hütte trottete. Das Schwein grunzte und schnaubte die ganze Zeit.

Levi grinste sie an. „Sie stellt sicher, dass alles an Ort und Stelle ist und sie sucht nach Max."

„Das sehe ich. Lässt er sie oft allein?"

„Wenn es nötig ist, muss er es. Ich versuche, alle paar Tage hier heraus zu kommen und nach ihr zu sehen, weißt du, und ihr etwas Futter zu geben – aber das ist das Ding mit Charlotte. Wenn ich es nicht jeden Tag her schaffe, kann sie für sich selbst sorgen. Sie frisst Früchte und hier gibt es jede Menge Futter für sie zum Fressen; sie muss dafür nur nach Futter suchen.

Es ist daher nicht so, als hätte er eine Katze oder einen Hund und muss sich Sorgen machen, ob es ihr gut geht, wenn ich oder einer seiner anderen Brüder beschäftigt sind und es niemand hier heraus schafft – was schon passiert ist."

Während er sprach, sah sie sich in dem Zimmer um. Die Möbel waren selbstgebaut, wie es aussah. Sie ging zu der Couch hinüber und musterte das Holz. Es schimmerte und war weich beim Anfassen. Farbige Kissen formten den weicheren Bereich des Sitzarrangements.

„Das ist so schön."

„Max gefällt es, Dinge mit seinen Händen zu machen. Er ist sehr talentiert."

Sie musterte die Bar, die das kleine Wohnzimmer von dem trennte, was eine winzige, aber gut ausgestattete Küche war. Es war so gemütlich, wie sie es sich vorgestellt hatte, aber niedlicher. Die Arbeitsfläche sah aus als wäre sie aus einem riesigen Stück Treibholz gemacht, das für die glatte Oberfläche abgeschliffen und lackiert worden war. Auf der Unterseite war es noch immer das raue, interessante

Treibholz. Die Wand, an dem das Stück befestigt war, war in einem dunklen Burgunderrot, das fast Schwarz war und zu den Farbtönen der Schränke im Küchenbereich passte, gestrichen. Der Tresen in der Küche war aus rostfreiem Stahl, wie es aussah, was es zu einem sehr funktionellen, aber wenig aufwändigen Bereich machte. Doch der Ausblick zum Strand durch die alten Fenster machte alles perfekt. „Es ist umwerfend."

„Ja, ist es. Mein Bruder ist sehr talentiert und sehr minimalistisch, wenn es darum geht, was er im Leben braucht. Aber es ist verständlich, da er darauf trainiert ist, abgekoppelt vom Versorgungsnetz zu leben und mit dem zu überleben, was sich in seinem Rucksack befindet."

„Verstehe."

„Als er anfing, das Haus dort oben auf dem Hügel zu bauen, war ich überrascht, weil es im Vergleich zu dem hier ziemlich groß wird. Aber es bleibt immer noch minimalistisch, wenn es darum geht, was die meisten Menschen in den Staaten in einem Haus haben wollen. Dennoch glaube ich, dass er antizipiert, sich eines Tages zu binden. Und daher ist das Haus wahrscheinlich eher für die spezielle Person, mit der er sein Leben teilen will. Auch wenn er mir sagte, dass es nicht bald passieren würde."

„Ich bin sehr beeindruckt. Dein Bruder klingt sehr interessant."

„Ja, ist er." Levi hob den Deckel eines Metallmülleimers, zog einen anderen Eimer heraus und füllte ihn mit Futter. Charlotte hastete zu ihm hinüber, schnaubend und aufgeregt grunzend. „Aber vielleicht hätte ich dich nicht hier heraus bringen sollen, so beeindruckt wie du von meinem Bruder bist."

Levi hob eine dunkle Braue und seine Lippen zuckten nach oben, während er an ihr vorbeiging.

Sie kicherte. „Ich bin auch von dir beeindruckt", fügte sie auf die Gefahr hin, sich von ihrer Anziehung zu irgendetwas verleiten zu lassen, hinzu. Sie folgte ihm und Charlotte nach draußen und beobachtete, wie er den Eimer mit Futter in ein ausgehöhltes Stück Holz auf der anderen Seite der Feuerstelle schüttete. Charlotte begann sofort, zu fressen.

Er setzte den Eimer ab und starrte sie an. Prompt wurde die gegenseitige Anziehung, die sehr nah unter der Oberfläche zwischen ihnen brodelte, wieder entfacht und ihr verschlug es den Atem. Er ging zwei Schritte auf sie zu und sah ihr in die Augen. Ihre Brust schmerzte auf einmal und ein Kloß formte sich in ihrem Hals. Er war größer als sie, aber nicht zu groß; falls sie jetzt in seine Arme laufen würde, würde ihr Kopf schön an seine Schulter passen. Sie schüttelte den Gedanken ab; sie schluckte das plötzliche Verlangen herunter und hielt sich davon ab, wegzuschauen, als er seine Hand hob und mit seinem Daumen ihre Wange berührte.

Bei seiner zärtlichen Berührung schmerzten plötzlich Tränen in ihrer Brust.

Und während sein Daumen langsam ihre Wange entlangglitt, konnte sie sich nicht bewegen.

„Du hattest etwas Sand an der Wange."

Schmetterlinge rauschten durch sie hindurch und sie konnte nicht mehr als zu nicken. Sie schluckte schwer; sein Adamsapfel bewegte sich hoch und runter

– *Adam*. Das Gesicht ihres Ehemannes tauchte in ihrem Gedächtnis auf, als Levi seine Hand sinken ließ und schnell zurück ins Haus ging. Sie stand einfach da und konnte sich nicht bewegen, während ihre Welt in so viele Richtungen einzustürzen schien.

Sie hörte, wie er den Deckel des metallenen Abfallkübels hob, und hörte den Eimer auf dem Boden aufschlagen, als er ihn hineinfallen ließ, gefolgt von Metall auf Metall, als er den Deckel wieder aufsetzte. Ihr Herz schlug heftig, während Verwirrung und Verlangen durch sie hindurchrollten.

Als er nach draußen zurückkam und die Tür verschloss, war sie noch immer instabil. Sie beobachtete, wie er den Schlüssel zurück unter den Stein legte und sich dann zu ihr drehte. Bei ihm schien alles absolut in Ordnung zu sein.

Aber sie wusste, dass es das bei ihr nicht war. Etwas an Levi Sinclair war ihr unter die Haut gegangen.

Er stand gut eineinhalb Meter von ihr entfernt, hatte seine Fingerspitzen in die Taschen seiner Shorts gesteckt und sah zurückhaltend aus.

„Ich schätze, wir fahren mal zurück." Aber er machte keine Anstalten, zu gehen oder näher zu ihr zu kommen.

Sie starrten einander an. So viele Gedanken gingen ihr durch den Kopf, Gedanken, die sie seit so langer Zeit nicht gehabt hatte. Sie realisierte, dass sie sich schuldig fühlen sollte, aber Schuld war momentan nicht das, was sie empfand.

KAPITEL NEUN

Was tat er da? Levi hatte sich diese Frage seit dem Moment gestellt, in dem er das Café betreten und sie gesehen hatte. Er hatte sich die Frage auf jedem Kilometer wieder gestellt, den er zu Max rausgefahren war. Jetzt begriff er, dass er in Schwierigkeiten war. Sie hatten nicht wirklich viel geredet. Sie hatten nicht wirklich viel Zeit miteinander verbracht. Und doch konnte er nicht leugnen, dass ihn etwas, dass er nie zuvor gefühlt hatte, erfasste, wenn er in Jessicas Nähe war. Nicht nur, wenn er an sie dachte. Und wenn er sie ansah, konnte er nicht mehr leugnen, welche Gefühle ihn überfluteten. Er wollte sie.

Körperlich, oh ja, aber darüber hinaus… wollte er sie in seinem Leben. Er hatte nie etwas Vergleichbares gefühlt, wie das, was in ihn gefahren war und jetzt Besitz von ihm ergriffen hatte.

Er wollte sie halten. Sie berühren. Er wollte die Last, die sie empfand, nehmen und auf seine eigenen Schultern laden. Er brauchte sie…wollte der Mann sein, den sie brauchte.

Er steckte bis zum Hals in Schwierigkeiten.

Er räusperte sich. „Ich schätze, wir sollten lieber zurück. Kevin wartet bestimmt."

„Ja", sagte sie und er hörte ihren Tonfall. Er war schroff, etwas heiser.

Seine Brust zog sich zusammen und nichts auf der Welt konnte ihn aufhalten, als er einen Schritt auf sie zu machte. Und dann hielt er an und zwang sich, sich zum Truck umzudrehen.

Sie war tabu.

Sie hatte genug Sorgen, musste ihr Leben in Ordnung bringen und hatte eindeutig klar gemacht, dass sie nicht auf romantische Verwicklungen aus war. Sein Problem war, er war schon verwickelt.

KAPITEL ZEHN

Den ganzen Weg zurück zum Café, wo ihr Auto geparkt war, redeten sie über Roscoe und Jaco. Das wurde ihr bewusst und sie war genauso darum bemüht wie er, nur über die Hunde zu sprechen. Sogar Kevin war kein sicheres Thema für sie, wenn man bedachte, dass er dieses verstrickte Netz vorangetrieben hatte.

Wenn sie es sich erlaubte, wäre da so vieles, was sie von Levi wollen könnte.

Aber es waren erst zwei Jahre seit Adams Tod und bis sie Levi getroffen hatte, hatte sie geglaubt, das wäre für sie nicht lang genug gewesen, um wieder eine Beziehung zu wollen. *Das war zu früh. Wie konnte sie nur annähernd empfinden, was sie empfand?*

Levi parkte den Truck hinter ihrem Auto. Sie hatte Schwierigkeiten, ihren Gurt zu lösen, als der Truck noch rollte. In dem Moment, in dem er anhielt, öffnete sie ihre Tür. „Danke", sagte sie. „Hat Spaß gemacht."

Ihre Füße berührten den Fußweg, während sie sprach. Doch er legte ihr seine Hand um den Arm und hielt sie zurück.

„Warte."

Sie drehte sich zu ihm um, fühlte seine Berührung sich in ihre Haut brennen. „Okay", brachte sie hervor.

„Der Geburtstag meiner Mutter ist am Samstag und die ganze Familie kommt zusammen. Würdet ihr, du und Kevin, gern kommen? Alle würden euch gern kennenlernen."

Ihre Haut, da wo seine Hand sie berührte, glühte und ihr war flau im Magen. Sie war verunsichert, als sie begann, den Kopf zu schütteln.

„Komm schon", drängte er sie. Seine Stimme war harsch, während sich seine Augen in sie bohrten.

Obwohl ihr alles sagte, dass sie weglaufen sollte, konnte sie ihren Blick nicht abwenden. Sie konnte nicht weglaufen.

Und stattdessen nickte sie. „Welche Uhrzeit?" *Was machte sie?*

Am Freitag nach Ende des Schultages waren Lana und Jessica gerade dabei, das Klassenzimmer aufzuräumen, während Kevin mit einem anderen Lehrerkind auf dem Spielplatz spielte. Jessica sortierte die Zettel auf ihrem Schreibtisch und schaute hin und wieder aus dem Fenster, um sicherzugehen, dass Kevin da war, wo er sein sollte, und auf der Schaukel oder der Rutsche spielte.

Jessica hatte Lana von dem Ausflug mit Levi zu Max erzählt. Und zu ihrer Überraschung riet ihr Lana, obwohl sie sagte, wie froh sie darüber war, dass Jessica sich rauswagen würde, zur Vorsicht.

„Bist du bereit für morgen?" Lana stand mit verschränkten Armen und ernster Miene da und musterte Jessica.

„Nein. Ich bin ein nervliches Wrack. Warum hab ich nur zugesagt? Ich kann das gerade echt nicht gebrauchen, Lana. Ich war gerade dabei, mein Leben auf die Reihe zu kriegen. Und jetzt…". Sie schüttelte den Kopf, während sie nachdachte. „Was tue ich hier?"

„Du bist schon die ganze Woche ein nervliches Wrack. Deshalb hab ich nicht viel dazu gesagt. Ich hab versucht, mich aus deinem Leben rauszuhalten und dich das selbst in Ruhe durchdenken zu lassen. Mit etwas Freiraum für dich. Aber ich halte es nicht aus. Ich fühl mich dafür verantwortlich, weil ich dich dazu gedrängt habe, und jetzt befürchte ich, dass das zu früh war." Lana lachte verunsichert. „Mein Vater hat ein Sprichwort – Ich schicke dich zu einem Rodeo und du bist noch nicht bereit, einen Bullen zu reiten."

Jessica lachte trotz des Durcheinanders in ihr. „Dein Vater muss zum Totlachen sein."

Lana verdrehte die Augen. „Mein Vater und all meine Brüder – oder Stinker wäre treffender. Hart arbeitende Viehtreiber, störrisch und anstößig wie eine Nahtkante im Sattel. Aber ich liebe sie trotzdem und ehrlich gesagt vermisse ich sie. Manchmal hatten sie weise Worte parat, so wahr wie dieser Spruch. Ich kann dir nicht sagen, wie oft mein Vater das im Laufe der Jahre zu mir gesagt hat. Weißt du, meine Mutter starb früh und mein Vater zog mich auf, so gut er konnte, aber als Mann mit einem Haus voller Jungs hatte er keine Ahnung, wie er auf mich eingehen sollte. Er hatte immer das Gefühl, mich unvorbereitet in die Welt hinaus zu schicken. Und ich hab irgendwie das Gefühl, als ob ich das gerade mit dir machen würde. Ich möchte ja, dass du die Liebe wiederfindest, Jessica, aber ich hoffe gewiss, dass ich dich nicht dazu dränge, irgendetwas zu früh zu tun."

Jessica beobachtete Kevin, wie er die oberste Sprosse der Leiter auf dem Spielplatz erklomm und dann mit einem breiten Grinsen übers ganze Gesicht runter rutschte. Sie sah ihm an, dass er glücklich war.

Glücklich war eine Untertreibung. Er war völlig aus dem Häuschen gewesen, als sie ihm erzählt hatte, dass sie morgen mit Levi zu einer Party gehen würden.

„Ich versuche, mir weiter einzureden, dass meine Gefühle für Levi ganz normal sind. Nur weil ich seit Adams Tod nicht zugelassen habe, auch nur an

Romantik oder ans Verlieben zu denken. Aber warum gerade Levi? Und dann ist er auch noch Polizist. Das ist zu gefährlich."

Lana verzog ihr Gesicht. „Eure Herzen sprachen zueinander. Und ich hab nicht wirklich realisiert, wie groß dein innerer Widerstand war, als ich dich zum ersten Mal drängte, dein Herz zu öffnen und nicht wieder vor Gefühlen wegzulaufen. Jetzt fühle ich mich ein wenig verantwortlich, wie mein Vater sich dabei gefühlt haben muss, mich groß zu ziehen."

Trotz ihrer Sorgen schmunzelte Jessica und war froh darüber, für einen Moment an etwas Lustiges denken zu können. „Ich kann mir kaum vorstellen, wie es gewesen sein muss, mit fünf älteren Brüdern zusammen von einem Rodeo-Vater aufgezogen worden zu sein."

Lana rollte mit den Augen und antwortete in ihrem besten texanischen Cowgirl-Akzent näselnd und verschleppend: „Süße, sie haben mich mit Liebe überschüttet. Das kann ich dir sagen."

„Aber du hast es überstanden. Und das werde ich auch. Hör auf, dir Sorgen zu machen. Ryan und Jillian kommen und ich werde Jillians Familie kennenlernen. Ich werde mir einfach einen schönen Nachmittag machen und Kevin und Roscoe mit Jaco spielen lassen." Das musste sie sich nur weiter einreden.

„Wie läuft's mit Jessica?", fragte Ryan Levi am Freitagnachmittag. Während der letzten zwei Tage war auf Arbeit viel los gewesen. „Du streifst wie ein eingesperrter Löwe durchs Büro. Jillian und Jessica waren gestern Kaffee trinken. Sie sagte, sie kommt mit dir zur Geburtstagsfeier deiner Mutter und du hast davon noch nichts erzählt. Jillian findet Jessica toll."

Levi verschränkte die Hände auf dem Tisch vor sich und blickte mit zusammengekniffenen Augen zu seinem Schwager. „Ich bin nicht sicher, was daraus wird. Es ist kompliziert." Das war die Untertreibung des Jahres. „Wie läuft es bei dir und Jillian mit der Babysache?" In dem Wissen, dass sie vielleicht kein Kind bekommen konnte, wenn es nicht bald passierte, fühlte er mit ihr.

„Sie war tatsächlich kürzlich beim Arzt und wir

rechnen damit, die Untersuchungsergebnisse heute zu erfahren." Ryan lächelte. „Ich hoffe, es gibt gute Neuigkeiten, wenn ich nach Hause fahre. Man, ich bin selber gespannt." Levi grinste. „Hast du irgendeine Idee, ein gutes Gefühl, was der Arzt sagen könnte?" Ryan zuckte mit den Schultern. „ Nein, aber ich hoffe um Jillians Willen wirklich, dass der Arzt ihr etwas Erfreuliches zu sagen hat."

Dann hätte sie morgen das perfekte Geschenk für eure Mutter. Aber wir werden adoptieren, wenn wir nicht auf natürlichem Weg schwanger werden. Jillian wünscht sich so sehr, wenigstens einmal selbst ein Baby auszutragen und zu erleben, wie sich das anfühlt. Auch wenn es nur eines ist und dann adoptieren wir all unsere anderen Kinder."

„Ich hoffe, das wird sie." Levis Gedanken wanderten diesbezüglich zu sich selbst. Er hatte nie darüber nachgedacht, wie es wäre, Vater zu sein. Er war damit beschäftigt gewesen, an seine Karriere zu denken und dachte, er würde sich irgendwann später dem Familienteil seines Lebens zuwenden. Aber wirklich nachgedacht übers Vatersein, ein kleines Baby in seinen Armen zu halten und zu wissen, dass es ein Teil von ihm ist? Das hatte er nicht.

Doch wenn er jetzt über Vaterschaft nachdachte, kamen ihm Kevin und Jessica in den Sinn.

„Worüber denkst du nach?", fragte Ryan.

Levi bemerkte, dass er abgedriftet war, so tief war er in Gedanken versunken gewesen. „Nur über das Leben. Es ist nicht immer fair. Du und Jillian, ihr versteht das – ihr seid alt genug – aber Kevin, armes, kleines Kind."

„Ja, das stimmt. Deshalb glaube ich, seine Mutter macht es klug, es langsam angehen zu lassen. Ich hoffe nur, sie gibt dir eine faire Chance." Ryan stand auf und ging hinüber zur Kaffeekanne.

„Ich auch." Levi würde wirklich gründlich überdenken müssen, wie er bestmöglich vorgehen sollte, denn wenn es jemals in seinem ganzen Leben eine Situation gegeben hatte, um weise zu sein, dann jetzt.

Ryans Handy klingelte. Er wendete seinen Blick zu Levi und zog dann sein Telefon aus der Hosentasche. „Es ist Jillian. Ich erledige das draußen.

Bin gleich zurück."

Levi holte sich eine Tasse Kaffee. Er beobachtete, wie Ryan hinaus auf den Fußweg ging und hoffte das Beste.

„Er ist da, Mama! Und er hat Jaco dabei!", rief Kevin am nächsten Morgen. Er hatte eine Stunde am Fenster gewartet, obwohl sie ihm gesagt hatte, dass es zu zeitig war.

Bevor sie ihn aufhalten konnte, schleuderte Kevin die Tür auf und rannte nach draußen.

„Kevin!", rief sie. Sie schnappte ihre Handtasche vom Flurtischchen und den Teller Schokoladenkaramelle, den sie gemacht hatte, und folgte ihm nach draußen. Sie erreichte die Vordertreppe gerade rechtzeitig, um zu sehen, wie sich ihr Sohn Levi in die Arme warf und ihm eine große Umarmung gab.

Bei der Szene blieb sie schlagartig stehen und ihr Herz zerbrach in tausend Teile.

Vorsicht.

Vorsicht war das Wort und der Vorsatz des Tages. Das Herz ihres Sohnes stand auf dem Spiel. Das war wesentlich wichtiger als ihr eigenes Herz.

Levi stand da und lächelte. Sein Blick bohrte sich in sie. Er sah so gut aus. Sie hatte ihn vermisst. Aber das war nicht wichtig. Kevin war wichtig und daran sollte sie sich lieber erinnern.

„Hallo", sagte er mit tiefer, sanfter Stimme.

Ihr Herz donnerte gegen ihre Rippen. „Hi. Bist du sicher, du bist bereit dafür? Kevin und Roscoe sind kurz davor, vor Aufregung zu explodieren."

Kevin grinste. „ Das wird ein *grrrooooßartiger* Tag! Ich halt's kaum aus, so gespannt bin ich."

Das war die Untertreibung des Jahres und trotz des Durcheinanders in ihr, lachte Jessica.

Levis Augen funkelten, als sie ihre trafen, und er wuschelte zärtlich durch Kevins kurze Haare.

„Die anderen sind auch alle gespannt, dich kennenzulernen, Kumpel. Lass uns losfahren." Er nahm Kevin hoch und platzierte ihn auf der Rückbank seines Trucks.

Sie zog den Kindersitz von der Rückbank ihres Wagens und lief los in Richtung seines Trucks. Er eilte ihr entgegen.

„Ich nehme das", sagte er auf sie zu gehend. Er nahm ihn; ihre Hände strichen aneinander entlang und ihr Bauch kribbelte, als sie schnell losließ. „Hattest du eine gute Woche?" fragte er, als ob er nichts gefühlt hätte. „Ich hatte eine tolle Woche", witzelte sie um nicht zuzugeben, dass sie alle Hände voll zu tun gehabt hatte. „Und du?"

„Oh, großartig", sagte er über seine Schulter hinweg, während er den Sitz in seinen Truck legte und herumfasste, um ihn zu befestigen.

Sie bemerkte das Spiel seiner Rückenmuskeln und beschloss, dass es für sie besser war, einzusteigen statt ihm zuzusehen. Sie sprang auf den Vordersitz, legte sich den Gurt um und schnallte ihn fest.

Dieser Mann hatte eine großartige Woche gehabt—er hatte wahrscheinlich in seinem sexy Körper wie ein Baby geschlafen, während sie so gut wie gar nicht geschlafen hatte. Sie war ziemlich mürrisch, als er losfuhr, und wusste doch, dass das unnötig war.

Levi plapperte, während sie am Windswept Bay Resort vorbeifuhren und auf den Oceanview Drive die Küste entlang einbogen. Das glitzernde blaue Wasser sprach sie an, während sie mit offenen Fenstern fuhren. Die Hunde hängten beide ihre Köpfe jeder zu einer Seite aus dem Truck. Die salzige Luft half, die Schmetterlinge zu beruhigen, die in ihr in Aufruhr waren.

„Meine Familie freut sich darauf, euch beide kennenzulernen", sagte Levi.

„Ich freue mich auch darauf, sie zu treffen", rief Kevin vom Rücksitz. Jessica sah nach hinten zu ihrem Sohn. Er hatte eine Hand auf Roscoes Rücken und die andere auf Jacos Rücken und grinste über beide Ohren.

Jessica hätte gelacht, hätte sie nicht solche Angst gehabt, dass ihrem Sohn ernsthafter Herzschmerz drohte, wenn sie nicht vorsichtig war. Sie musste sich unter Kontrolle bringen.

Levi reichte über die Mittelkonsole und legte seine Hand auf ihren Unterarm, um sie zu sich herumzuziehen. „Entspann dich", sagte er. „Entspann dich einfach. Du bist seit meiner Ankunft angespannt."

Woher wusste er das? Wusste er auch, dass sie kurz davor war, Sodbrennen zu bekommen?

„Ja, Mama – entspann dich." Kevin ahmte seinen neuen Helden nach. „Immer macht sie sich nur Sorgen, Sorgen, Sorgen." Kevin hielt seine Hände übertrieben hoch für einen Sechsjährigen.

Jessica seufzte. Irgendwann anders hätte sie gelacht. Jetzt war sie zu sehr mit dem Versuch beschäftigt, die Wärme von Levis Hand auf ihrem Unterarm zu ignorieren.

Levi kicherte auch und lächelte sie an, als er ihren Unterarm sanft drückte, bevor er seine Hand zurück ans Lenkrad legte. Die Wärme seiner Hand verweilte, genauso wie das Kribbeln der Empfindung.

„Ich glaube, sie macht sich Sorgen, weil sie für jeden um sich herum möchte, dass alles perfekt ist. Meine Mutter war genauso und sie hatte neun Kinder."

Kevins Mund blieb offen stehen. „*Neun Kinder?* So viele Brüder und Schwestern hast du?"

„Ja, es gibt eine Menge von uns."

„Wow. Deshalb wirst du ein toller Papa sein. Weil du weißt, woher du mir so viele Brüder und Schwestern besorgen kannst. Mein Freund Percy hat mir erzählt, dass ich einen Papa brauche, um einen kleinen Bruder zu bekommen; wie er gerade."

Jessica atmete tief ein und schloss voller Ungläubigkeit ihre Augen. Levis Hand berührte erneut ihren Arm.

„Jetzt verstehe ich." Er streichelte sanft ihren Arm. „Es wird alles gut." Er tätschelte ihren Arm und sie sah ihn völlig fassungslos an. „Keine Sorge", murmelte er und sagte dann lauter, dass Kevin es hören konnte: „Na los, auf zum Kennenlernen. Du wirst meine Brüder mögen."

„Das glaube ich auch. Weil ich dich mag."

Levi streckte seinen Arm nach hinten und tätschelte Kevins Knie. „Und ich mag dich, weil du ein tolles Kind bist. Abschnallen. Jetzt gehen wir Spaß haben."

Jessica stieg aus dem Truck, aber eigentlich wollte sie nur nach Hause.

KAPITEL ELF

Kurz darauf wurde sie Violet und Sam Sinclair, Levis Eltern, vorgestellt.

Sam erinnerte sie an Levi. „Herzlich willkommen. Wir sind so froh, dass ihr hier seid."

„Ja. Es freut mich, Sie kennenzulernen." Violet schloss sie in die Arme. „Und du musst Kevin sein?"

„Das bin ich." Kevin grinste. „Ich bin Kevin. Und ich mag euer Haus am Meer. Von meinem zu Hause müssen wir zum Meer ein Stück laufen."

Violet kicherte. „Du erinnerst mich an meine Jungs. Ich wette, du hältst deine Mama auf Trab." Sie sah zu Jessica.

Kevin blickte von ihr zu Violet und dann zu Levi. „Kann ich mit den Hunden nach draußen gehen?" Levi sah zu Jessica. „Hast du was dagegen?"

„Nein, überhaupt nicht." Nach dem, was Kevin vorhin gesagt hatte, war sie nicht sicher, ob es eine gute Idee war, aber wie hätte sie es jetzt ablehnen können?

„Jessica", rief Jillian und lief auf sie zu.

Levi winkte Jessica mit den Fingern und ließ dann Kevin zur Terrassentür raus. Sie gingen hinaus auf die Veranda, wo eine kleine Gruppe von Männern stand.

Jillian umarmte sie. Ich bin so froh, dass du da bist. Mit Levi. Wo du hier bist, muss ich dir sagen, dass Levi sonst nie Frauen mitbringt. Mein Bruder ist so vereinnahmt davon, Polizeichef zu sein, dass er sich selbst hinten anstellt. Ja, ich weiß, ich weiß. Das ist kein Date. Soweit hat er mich schon informiert. Aber es freut mich trotzdem, dass ihr Zeit miteinander verbringt."

Jessica wollte sie nach ihrem Arzttermin fragen, aber entschloss sich, nicht zu fragen, ehe sie allein waren. Im nächsten Moment war sie von Jillians Schwestern umzingelt. Shar und Olivia waren Jillians Drillingsschwestern und während Jillian und Olivia blond waren, war Shar dunkelhaarig und sah ganz anders aus. Cali war ein paar Jahre älter und sehr hübsch.

Sie zwinkerte. „Das ist so aufregend. Levi hat ewig kein Date zum Familientreffen mitgebracht."

„Oh, das ist kein Date", sagte Jessica zu ihr.

„Für mich sieht das wie ein Date aus", sagte Shar. „Und Levi schien, als wäre ihm das auch nicht ganz klar."

„Kein Stress." Olivia schüttelte den Kopf. „Wir hoffen alle, dass Levi sich bindet. Er weiß es selbst nicht, aber er ist bereit dafür."

„Aber es ist wirklich keines." Jessica versuchte es erneut.

Shar klemmte sich ihr dunkles Haar hinters Ohr und verdrehte die Augen. „Ich sag nur, was wir alle denken. Es ist an der Zeit, dass er an sich denkt. Dieser Kerl arbeitet sich tot für unsere Gemeinde und heute sieht er ehrlich entspannt aus. Und ich glaube, das ist deinetwegen.“

Violet stellte sich neben Jessica. „Okay, Mädchen, lasst sie in Ruhe. Wir wollen Jessica doch nicht verschrecken. Nehmen wir sie mit hier herüber und geben ihr was zu trinken.“ Violet hakte ihren Arm bei Jessica ein und führte sie in den Küchenbereich, wo ein Festessen vorbereitet war.

„Ich hätte fast vergessen, dir zum Geburtstag zu gratulieren“, sagte Jessica. In Anbetracht all der Dinge, die gerade auf sie einprasselten, hatte sie komplett ihre Manieren vergessen.

Violet warf ihr einen Seitenblick zu und wirkte sehr glücklich. „Meinen Geburtstag zu feiern, ist ein guter Vorwand, damit meine Familie sich hier jedes Jahr versammelt. Obwohl mein Max gerade wer weiß wo steckt und Cam irgendwo unterwegs feststecken muss. Ich habe noch nichts von ihm gehört. Texas ist weit weg, wenn es um Familientreffen geht. Aber er ist glücklich dort, deshalb kann seine Mama damit gut leben.“

„Ich weiß, wie sich das anfühlt. Dass Kevin glücklich ist, ist für mich das Allerwichtigste. Ich kann damit umgehen, wenn er groß wird und wegzieht, wenn das sein Lebensweg ist und er damit glücklich ist."

Der Gedanke machte Jessica einen Moment lang bedächtig.

Eines Tages würde Kevin erwachsen sein und könnte durchaus von ihr wegziehen. Der Gedanke war hart für sie. Ihr Blick wanderte in Richtung Fenster, durch das sie ihn am Strand mit Roscoe und Levi spielen sehen konnte.

„Ich habe Glück, dass Cam als einziges meiner Kinder nicht in meiner Nähe wohnt. Cali und Olivia lebten woanders, aber beide sind nach Hause gekommen, um ihre Zelte aufzuschlagen."

„Cam wird das wahrscheinlich nicht tun, Mama" warnte Jillian.

„Nicht Cam", stimmte Shar zu. „Er mag in Florida geboren worden sein, aber wie man gesehen hat, ging er so schnell er konnte nach Texas."

„Das ist wahr", bemerkte Jillian.

Jessica lächelte. „Meine Freundin Lana ist aus Texas. Sie ist meine Kollegin in der Schule. Ihrer

Familie gehört eine große Ranch da in Texas und ich bin jedes Mal begeistert, wenn sie von ihrem Vater und ihren fünf Cowboy Brüdern erzählt. Die waren nicht glücklich, als sie nach Florida gekommen ist."

Olivias Augen begannen zu funkeln. „Vielleicht sollten wir sie Cam vorstellen, wenn er das nächste Mal hier ist."

„Das wäre bestimmt lustig", sagte Jessica. „Ich bin mir allerdings nicht sicher, ob sie einen Grund sucht, zurück nach Hause zu gehen."

Violet kicherte. „Vielleicht könnte es für Cameron ein Grund sein."

„Nein, Mama, du weißt doch, dass Cam seine Ranch nie verlassen würde. Er kommt zu Besuch, aber dieser Cowboy liebt seine Ranch."

„Andererseits", meinte Shar, „würde es einer Herde Wildpferde bedürfen, Levi von Windswept Bay fortzuziehen. Dieser Kerl wird an dieser Küste heiraten und alt werden." Alle Blicke harrten auf Jessica und plötzlich fühlte sie sich sehr bloß gestellt.

„Wisst ihr", stammelte sie, „ich suche auch nicht wirklich nach einer Beziehung. Zumindest momentan nicht. Aber ich glaube, Levi ist ein wunderbarer Mann. Ich bin nur nicht bereit dafür."

„Das habe ich ihnen auch schon gesagt", warf Jillian ein, „aber es gibt immer Hoffnung. Und man weiß ja nie, wann die Liebe zuschlägt. Ich kann dir sagen, dass es, wenn es passiert, Gedanken und Gefühle und dadurch auch Zeitpläne verändert."

Jillians Schwestern nickten alle einvernehmlich.

„Ich möchte nur nicht, dass er oder einer von euch sich falsche Hoffnungen macht." Jessica begann, sich Sorgen zu machen, da sie das Gefühl hatte, dass alle um sie herum sie verkuppeln wollten.

Violet lächelte. „Ignorier uns. Wir benehmen uns total daneben. Es ist klug, mit Bedacht vorzugehen. Ich glaube, es zeigt, wie toll du bist, dass du dir darum Gedanken machst und dich nicht einfach in etwas hineinstürzt. Dein Herz muss heilen."

„Hab ich die Party verpasst?", rief eine tiefe Stimme und Violet drehte sich mit einem Seufzer in Richtung Eingangsbereich.

„Cam", stieß Violet aus, als ein hübscher Mann mit Cowboyhut das Zimmer betrat.

„Hey Mom. Ich hab doch nicht die Feier verpasst, oder?"

Violet ging durch den Raum und in seine Arme. Ihr war die Freude anzusehen.

Jessicas Herz wurde erfasst und Tränen quollen in ihren Augen, als sie den süßen Umgang beobachtete. Sofort schaute sie wieder aus dem Fenster und sah, wie Levi und Kevin mit den Hunden am Strand unterhalb des Hauses entlangrannten. Zwei andere Männer, die sie bei der Thanksgiving Feier gesehen hatte und von denen sie wusste, dass es Levis Brüder waren, waren bei ihnen. Einer sah aus wie Levi. Sie hatte gehört, dass er einen Zwillingsbruder hat, aber bisher nicht wirklich darüber nachgedacht, bis sie die beiden zusammen sah.

„Das sind Jake und Trent. Trent ist Levis Zwillingsbruder", sagte Violet. „Sieht aus, als hätten sie und Kevin Spaß."

„Ja, tut es." Sie freute sich für Violet. Abgesehen von Max waren all ihre Kinder nach Hause gekommen, um mit ihr zu feiern.

Kurz darauf kamen alle Männer rein, mit Kevin,

der freudig erregt mit Jake und Trent plauderte. Levi erspähte sie augenblicklich und sie fühlte eine Wärme in sich aufsteigen, als ob sie nach einer stürmischen Winternacht gerade in die Morgensonne getreten war…

Sie wandte ihren Blick ab und bemerkte, wie Jillian sie beobachtete. Das Funkeln in den Augen ihrer Freundin verriet Jessica, dass Jillian nicht glaubte, sie und Levi wären nur Freunde.

„Wie geht's dir?", fragte Levi, als er neben Jessica trat. Sie hatte wahrscheinlich nicht einmal bemerkt, dass ihre Augen riesig gewesen waren, als er den Raum betreten hatte. *Worin hatte sie sich in Gedanken verloren, als er und Kevin hereingekommen waren?*

„Mir geht es hervorragend. Und Cam ist hier. Das hat deine Mutter so glücklich gemacht."

„Ja. Das war klar. Wenn Max hier wäre, wäre alles perfekt."

Während sich von allen Richtungen her der Raum mit Leuten füllte, rückte Levi näher an Jessica, sodass er ein wenig hinter ihr stand. Sein Schwager trat neben seine Schwestern. Jillian und Ryan stellten sich neben die Geburtstagstorte.

Der zarte Duft von Jessicas Haaren zog ihn noch näher an sie heran, als er sich zu ihr beugte, um ihr ins Ohr zu flüstern: „Gleich wird sie noch glücklicher sein.“

„Ist das das, was ich denke?“ Jessica drehte unvermittelt ihr Gesicht zu seinem, wodurch sich ihre Lippen beinahe berührten.

Das passierte so schnell, dass er keine Zeit hatte, sich wegzubewegen, sodass er sich zwingen musste, sich nicht so weit nach vorn zu lehnen, dass sich die Lücke schloss und er spüren konnte, wie sich ihre Lippen auf seine pressten. Er schluckte schwer und fragte sich, ob seine Augen aufgerissen waren wie ihre, als sie bemerkte, dass sie sich fast küssten.

„Mom“, begann Jillian mit Aufregung in ihrem Tonfall. „Du wirst Großmutter.“ Jillians Stimme war brüchig vor lauter Emotionen, als sie die Worte aussprach.

Levi hatte schon vorher durch Ryan erfahren, dass

seine Schwester schwanger war, und freute sich riesig für die beiden.

„Ich freue mich so für euch", sagte Jessica und umarmte erst Jillian und dann Ryan. Kevin hatte bei Jake gesessen, seit sie von draußen reingekommen waren, aber jetzt sprang er Ryan an.

„Wann kommt denn euer Baby?"

Ryan umarmte ihren Sohn und Jessica staunte, wie sehr Kevin den Männern dieser Familie innerlich verbunden war. Und sie alle waren so liebevoll und nett zu ihm. Ryan schloss ihn in die Arme und kniete sich zu ihm hinunter.

„Nun, Kevin, es wird ungefähr acht Monate von jetzt an dauern. Wirst du herkommen und Zeit mit ihm verbringen, wenn es hier ist?"

„Sicher. Ich kann ja babysitten."

Ryan kicherte. „Naja, dafür wirst du vielleicht noch nicht alt genug sein, aber das Baby wird es definitiv toll finden, wenn du zum Spielen rüberkommst."

Kevins Gesichtsausdruck erstrahlte wie ein Weihnachtsbaum. „Ich kann ihn ja zum Mitbringtag mitnehmen." Das brachte alle zum Lachen.

Später, nachdem Kuchen und Punsch verzehrt waren, fuhr Levi sie und einen sehr müden Kevin zurück nach Hause.

Sogar die Hunde hatten sich links und rechts von Kevin zusammengerollt.

„Es war ein wundervoller Abend", sagte Jessica leise.

„Ich bin froh, dass du und Kevin mitgekommen seid." In der Dunkelheit der Fahrerkabine verspürte Levi, wie ihn die Versuchung umgab. „Das meine ich wirklich so, Jessica."

Er hörte sie neben sich beinahe lautlos seufzen. „Ich bin auch froh…"

KAPITEL ZWÖLF

Als sie zuhause ankamen, konnte Kevin seine Augen kaum offen halten. Jessica ging voran zum Haus, während Levi hinter ihr ihren Sohn trug. Sie schloss die Tür auf und führte ihn durch das Haus in Kevins Schlafzimmer und beobachtete, wie behutsam Levi ihren kleinen Jungen ins Bett legte. Sie kämpfte dagegen an, ihre Gefühle hier nicht ins Spiel kommen zu lassen, aber zu sehen, wie vorsichtig Levi mit ihm war, berührte ihr Herz erneut.

Sie zog Kevins Schuhe aus und wechselte schnell seine Kleidung in seinen Schlafanzug. Sie zog ihm gerade sein Schlafanzugoberteil mit Levis Hilfe, der ihn aufrecht hielt, über den Kopf, als Kevin seine Augen öffnete und Levi anlächelte.

„Das hat heute Spaß gemacht." Dann lehnte er sich in seinem Bett zurück und kuschelte sich in die Decke.

Sie traf Levis Blick und er lächelte. Sein Blick war ernst, als er zu ihrem Sohn hinunter und dann zu ihr zurück schaute. „Du hast hier ein tolles Kind, Jess."

Ihr Herz zog sich zusammen, wie so oft in Levis Nähe. *Adam hatte sie Jess genannt.*

Sie ging voran zurück ins Wohnzimmer und war sich der Emotionen, die wie die Flügel von tausend Schmetterlingen durch sie hindurch flatterten, unschlüssig. „Soll ich Kaffee machen?"

Er stand nahe bei ihr im Flur und sie war sich ihm so sehr bewusst.

„Das fände ich toll, sofern du dir sicher bist."

„Das würde mir wirklich gefallen." Und das meinte sie. So viele Emotionen und Gefühle sammelten sich in diesem Moment in ihrer Brust und sie wollte gerade einfach nicht allein sein. Vielleicht, weil sie so viel Zeit mit seiner riesigen Familie verbracht hatte. Vielleicht brachte sie die Zeit mit seiner Familie dazu, ihre eigene Familie zu vermissen. Ließ sie all die Male vermissen, bei denen sie und Adam Zeit mit ihren Familien verbracht hatten.

Wahrscheinlich alles von dem genannten, aber ganz ehrlich, sie wollte einfach etwas Zeit mit Levi verbringen. Nur ein paar Minuten.

„Ich gehe die Hunde holen und lasse sie im Garten spielen, während du Kaffee machst."

„Das wäre großartig."

Einige Minuten später kam er zurück ins Haus und sie hatte zwei Tassen aus dem Schrank genommen. Der Geruch von Kaffee erfüllte die Luft. Levi kam zurück in die Küche und lehnte sich gegen den Tresen. Die Küche erschien mit seiner Anwesenheit plötzlich kleiner.

Sie befüllte die Tassen mit Kaffee und erinnerte sich daran, dass er seinen schwarz mochte, genauso wie sie. „Bitteschön." Sie reichte ihm eine Tasse. Ihre Finger streiften sich, als er ihr die Tasse abnahm und dieses Prickeln tanzte ihren Arm hinauf. Sie ging schnell weg und nahm ihre eigene Tasse und hielt sie zwischen ihren Händen. Sie lehnte sich gegen den Tresen und traf seinen Blick erneut über den Tassenrand hinweg. Der reichhaltige Duft des Kaffees umgab sie und sie wünschte sich, es wäre ein Schild – ein Schild des Schutzes vor den Emotionen, die sich in ihr regten. Sie beobachtete, wie sich seine Fingerspitzen in sanften Kreisen über die Tasse bewegten, bevor er einen Schluck nahm, und ihre Gedanken wanderten zu seiner zärtlichen Berührung auf ihrem Arm, als sie vorhin zum Haus seiner Eltern gefahren waren. Sie zitterte unwillentlich.

Er stellte seine Tasse auf den Tresen und kam zu ihr. „Ist dir kalt?"

Er war so nahe, dass sie ihre Tasse fest umschlang und zwischen ihnen hielt. „Nein, ist mir nicht." Ihr Herz stolperte und ihr Mund wurde trocken, als er ihre Tasse nahm und sie auf die Arbeitsfläche neben sie stellte. Und dann lehnte er sich nach vorn und streifte mit seinen Lippen über ihre.

Jede Faser ihrer Seele erbebte bei der Berührung seiner Lippen. Ihre Knie wurden weich wie Butter und sie bewegte sich näher zu ihm. Seine Arme legten sich um sie und zogen sie an seine Brust.

„Ich will dich nicht verschrecken, Jessica, aber du sollst wissen, dass ich Gefühle für dich habe. Das war keine unbefangene Verabredung."

Es störte sie nicht einmal genug, um zu sagen, dass es gar nicht als Verabredung gedacht war; stattdessen kuschelte sie sich an ihn und hob ihr Gesicht zu seinem. „Könntest du mich erneut küssen?" Sie ließ ihre Arme um ihn gleiten. Sie musste nicht zweimal fragen. Levis Arme hielten sie fest, während er seine Lippen erneut auf ihre senkte und dieses Mal raubte ihr der Kuss den Atem.

Sie konnte fühlen, wie sein Herz gegen ihres schlug, wie sich seine Rückenmuskulatur bei ihrer Berührung anspannte, und sie wusste, dass er darum kämpfte, seine Emotionen in Schach zu halten, genauso wie sie.

Seine Lippen waren voll und warm und entfachten in ihr einen Feuersturm. Sie war außer Atem, als er seinen Kopf hob und ihr in die Augen sah.

„Ich denke, ich gehe jetzt besser."

Das wollte sie nicht. „Kannst du mich nur noch ein bisschen länger halten?" Es war so lange her, dass sie das Gefühl liebender Arme um sich herum kannte. Und sie war sich nicht sicher, ob sie sie erneut loslassen konnte.

„Süße, ich kann dich so lange halten wie du magst."

Jessica atmete seinen Duft ein und legte ihren Kopf gegen seine Schulter. Wie ihr klar wurde, könnte sie so für immer bleiben.

„Ich mag dich, Levi." Die Worte waren gegen sein Shirt genuschelt, aber dennoch klar, und sie spürte wie er erstarrte und still wurde.

Er küsste ihre Stirn. „Wir gehen es so langsam an, wie du es brauchst. Aber das macht mich glücklich."

„Ich kann dir nichts versprechen", sagte sie. „Ich bin zu Tode erschrocken, aber ich kann nicht leugnen, dass ich Gefühle für dich habe."

Er lächelte. „Musik in meinen Ohren." Und dann nahm er ihre Hand und führte sie ins Wohnzimmer. Er setzte sich auf die Couch und zog sie zu sich hinunter in seine Arme und dann küsste er sie erneut.

Jessicas Herz fühlte sich so voller Freude an, als sie sich auf den Kuss und die Gefühle, die sie für Levi hatte, einließ. Sie würden langsam machen, aber zugegeben zu haben, dass sie etwas mehr als Anziehung für diesen wundervollen Mann empfand, war ein Schritt in die richtige Richtung.

Oder nicht?

Sie musste nur all die negativen Stimmen in ihrem Kopf ignorieren. Diejenigen, die sagten, dass er ein Polizist war, sein Beruf zu gefährlich war, und die Stimme, die immer und immer wieder wiederholte, dass ihr Herz noch nicht bereit war.

Am Tag nach der Geburtstagsfeier ihrer Mutter ging Jillian ins Büro, das sie sich mit ihren Schwestern Cali und Olivia im Windswept Bay Resort teilte. Sie hatte, wie sie fand, eine außergewöhnliche Werbeidee für das Resort und konnte es kaum erwarten, diese mit ihren Schwestern zu teilen. Natürlich war in diesen Tagen, seitdem sie erfahren hatte, dass sie schwanger war, alles aufregend und freudig für sie. Sie schwebte praktisch vor Glück und wollte, dass jeder, den sie kannte, diese unfassbare Freude fühlte. Und vielleicht war ihr diese Idee deswegen letzte Nacht in ihren Träumen gekommen.

Das Resort hatte sich auf Hochzeiten konzentriert und das war großartig gelaufen, aber ihre Idee könnte im nächsten Jahr sprungartig für mehr Hochzeiten sorgen. Sie hatte all ihre Schwestern angerufen und um ein Meeting gebeten. Sie hatte Shar ebenfalls gebeten, dabei zu sein, auch wenn sie nicht mehr im Resort arbeitete. Sie arbeitete Vollzeit in der Stiftung zur Rettung von Meeresschildkröten, die sie und Gage nach ihrer Hochzeit gegründet hatten. Aber sie wollte, dass Shar bei dem Treffen dabei war, um ihren Input zu kriegen, da es auch ihre Brüder betraf.

Vor allem Levi.

Es war um neun, als sie hereinkam, und alle kamen etwa zur selben Zeit. „Hallo zusammen. Ich bin ganz aufgeregt und freue mich, dass ihr alle hier seid.“

Cali zog ihre Jacke aus und legte sie hinter ihren Stuhl. „Du klingst so begeistert, dass ich kaum erwarten kann, zu hören, was du im Kopf hast.“

„Geht mir auch so." Olivia kam herein, stellte ihre Tasche auf ihren Stuhl und ging direkt zu der Kaffeekanne. „Und du bist so geheimniskrämerisch. Schieß los."

Jillian hatte niemandem von ihnen irgendetwas am Telefon erzählt – obwohl alle auf mehr Informationen gedrängt hatten.

Shar trug noch immer ihren Jogginganzug und war wahrscheinlich direkt vom Joggen am Strand hergekommen. Das erste, was sie am Morgen immer tat, war es, Ausschau nach Nestern von Meeresschildkröten zu halten. „Ich bin ganz Ohr und wirklich, wirklich neugierig. Also pack aus, Schwesterchen."

Jillian lachte und war so aufgeregt. „Okay, weil ich es kein bisschen länger aushalte, sage ich es ganz direkt. Ich will hier im Resort eine Junggesellenauktion zum Valentinstag als PR-Kampagne für das Resort machen. Und der Knüller ist, dass ich unsere Brüder als ein paar der Junggesellen involviert haben will. Aber ganz besonders Levi."

Die Mienen ihrer Schwestern waren sofort

begeistert und alle begannen zur gleichen Zeit zu sprechen.

„Das ist eine großartige Idee." Calis Lächeln war strahlend.

„Fantastisch!" Olivia ließ fast die Kaffeetasse fallen.

„Oh ja", brummte Shar und reckte ihre Faust in die Luft, während sie lachte und nickte. „Levi wird uns *umbringen* und dennoch ist es absolut perfekt und lohnenswert."

„Ich stimme in jeglicher Hinsicht zu." Jillian versuchte, ihre Begeisterung unter Kontrolle zu halten. „Vielleicht kam mir die Idee, weil ich so glücklich bin, Ryan geheiratet zu haben und jetzt zu erfahren, dass ich ein Baby haben werde – meine beiden Träume sind wahr geworden – ich kann das einfach nicht nicht tun. Bei Moms Geburtstag hatte ich das Gefühl, dass da etwas zwischen Levi und Jessica läuft. Als Ryan und ich Kevin vorgeschlagen haben, dass Levi perfekt für seinen Mitbringtag in der Schule wäre, dachten wir uns beide, dass Jessica und Levi womöglich eine gute Idee wären. Und dann bei der Party waren sie gemeinsam dort. Ihr wollt mir doch nicht erzählen, dass da nichts zwischen den beiden war, oder?"

„Ich fand, da war was", sagte Shar. „ Als Levi Jessica durch den Raum hindurch ansah, konnte man sein Herz schlagen spüren."

„BJ und ich haben auf dem Weg nach Hause darüber gesprochen", sagte Olivia. „Auch wenn wir beide gehofft hatten, dass, wenn seine Schwester bald zu Besuch kommt, sie und Levi vielleicht gut zusammenpassen würden, haben wir die Idee verworfen, weil er von Jessica so in den Bann gezogen aussah." Sie lachte. „Natürlich haben wir fünf Brüder, daher ist vielleicht einer von ihnen noch immer verfügbar, wenn sie vielleicht mal eine Pause von ihrer Arbeit in den Wildparks nimmt und auf einen Besuch hierherkommt."

Shar warf Olivia einen fragenden Blick zu. „Steigt ihr beide ins Verkupplungsgeschäft ein?"

„Vielleicht", sagte Jillian. „Ich bin mir sicher, einer unserer Brüder wird verfügbar sein und wenn es so sein soll, dass sich einer von ihnen in BJs Schwester verliebt, dann wird es passieren."

„Richtig", stimmte Olivia zu.

„Shar", fügte Jillian hinzu, „Ich denke nicht wirklich über Verkupplungen bei den Jungs nach, aber ich musste wegen dem, was Jessica durchgemacht hat, daran denken, dass sie womöglich einen kleinen Anreiz braucht."

Cali runzelte die Stirn. „Du magst damit Recht haben, da sie ihren Ehemann verloren hat und ein Neuanfang für sie schwierig sein mag. Aber bist du dir sicher, dass es dafür hilfreich wäre, Levi bei einer Auktion zu versteigern? Er könnte von jemand ganz anderem gekauft werden, *falls* wir ihn überhaupt zu der Sache überreden können."

„Ich habe darüber nachgedacht. Ich glaube, dass es verschiedene Möglichkeit gibt, wie es laufen wird. Falls sie kein Angebot für ihn abgibt und jemand anderes ihn bekommt, gibt ihr das vielleicht einen Schubs nach vorn und sie kämpft womöglich um ihn, wenn sie sich bedroht fühlt –"

Shar redete aufgeregt dazwischen: „Und natürlich würde sie sich nur bedroht fühlen, wenn sie interessiert ist, aber Schwierigkeiten hat, einen Schritt auf ihn zuzumachen.“

„Genau. Ergibt das Sinn?“

Ihre Schwestern grinsten sie an.

Olivias Blick verengte sich. „Was ist mit unserer ruhigen Jillian passiert? Ich wusste nicht, dass du so hinterhältige Gedanken hast.“ Sie lachte.

„Also so richtig hinterhältig“, stimmte Shar mit Nachdruck zu. Ihr gefiel es offensichtlich, dass diese Seite von Jillian aus dem Schatten ihrer Schwestern herauskam.

„Aber sie hat gute Absichten.“ Cali lächelte nachdenklich. „Ich verstehe genau, was du dir denkst, und finde es eine wundervolle Idee. Ich habe eine hässliche Scheidung durchgemacht und hatte Schwierigkeiten, es hinter mir zu lassen, daher weiß ich auf ganz andere Weise, dass es nicht immer so leicht ist, wie es scheint, in eine neue Zukunft zu gehen.“

„Aber du mochtest Grant.“ Jillian lächelte.

„Das habe ich und das hat alles verändert… auch wenn es nicht einfach war. Ich bin hundertprozentig dabei. Als PR-Frau des Resorts danke ich dir für die großartige Werbeidee, auf die ich nicht gekommen bin. Das wird so lustig werden. Nach der riesigen Weihnachtssaison und dem Batzen an Hochzeiten, die wir hier hatten, könnte das die Sommerhochzeitssaison befeuern."

Olivia hob die Kaffeetasse zu ihren Lippen und hielt kurz vor ihnen inne. „Guter Gott – stellt euch das vor. Es ist gerade mal Ende Januar. Das lässt all den ersteigerten Junggesellen und ihren Käuferinnen Zeit, um sich ineinander zu verlieben und eine Hochzeit in dem Resort zu buchen, in dem sie sich kennengelernt haben." Sie lachte. „Ich bin definitiv dabei. Lasst uns das machen."

„Ich werde meine Jungs unten im Krankenhaus für Meeresschildkröten mit in den Topf der Junggesellen werfen." Sie lachte und klang dabei selbst etwas hinterhältig. „John und Alex sind beide Junggesellen. Und widmen ihre Zeit offensichtlich der Rettung von Meeresschildkröten und nicht dafür, ihre Möglichkeiten auf Verabredungen zu kultivieren." Sie grinste schelmisch. „Ich habe das Bedürfnis, behilflich zu sein – zumindest ihnen ein Date zu verschaffen und vielleicht wird mehr daraus."

Alle lachten und sahen ehrlich begeistert aus. „Das wird lustig werden", sagte Jillian überglücklich, dass ihre Schwestern bei dem Projekt an Bord waren. „Also, wann sollten wir mit der Planung beginnen?"

Cali schaute sich im Raum um. „Ich würde sagen, wir sollten uns gleich jetzt daran machen. Uns bleiben weniger als zwei Wochen und das ist kein großer Zeitrahmen, um das auf die Beine zu stellen und zu bewerben."

Alle stimmten sofort zu und zu Jillians großer Freude begann die Planung direkt an Ort und Stelle. Ihre Brüder würden sich entweder total aufregen oder zum Spaß mitmachen. Sie vermutete, dass diejenigen, die sich aufregten, diejenigen sein würden, die begannen, sich nach einer festen Bindung zu sehnen.

So oder so würde es eine großartige Valentins-Promo-Aktion werden.

KAPITEL DREIZEHN

„Warte, *was?*" Levi schaute seine Schwester böse an und war sich sicher, er musste sich bei dem, was seine Schwestern ausheckten, verhört haben.

Jubilierend lächelnd – als wüsste sie etwas, das er nicht wusste – schaute Jillian von ihm zu ihrem Ehemann. „Es wird eine fantastische, spaßige Zeit werden und wird dem Resort mit all der öffentlichen Aufmerksamkeit, die Cali mit dieser Junggesellenauktion zum Valentinstag organisiert, helfen. Sag es ihm, Ryan."

Ryan schaute sowohl amüsiert als auch skeptisch. „Schatz, ich weiß, dass du dafür brennst. Aber du bringst deinen Bruder in Bredouille und von seiner Perspektive aus stellt sich die Situation anders dar."

„Ja, glaubst du?", fauchte Levi.

Ryan hatte seinen Spaß. „Ihm hat gerade erst ein Klassenraum voller Erstklässler erzählt, dass ihre Mütter verärgert wären, wenn er heiratete. Wegen Levi könnte es zu Ausschreitungen kommen." Ryan lachte so heftig, dass seine Schultern zuckten.

Levi verschränkte seine Arme vor der Brust. „Ich freue mich wirklich, dass du das so lustig findest."

„Ich versuche, es wirklich nicht zu tun – ehrlich, tue ich. Aber je mehr ich darüber nachdenke, desto lustiger wird es. Jillian, ich kann die Schlagzeilen jetzt schon sehen: ‚Zickenkrieg im Windswept Bay Resort Wegen der Sinclair Brüder'! Wer weiß? Das könnte es in die nationalen Nachrichten schaffen."

Levi sah, wie sich die Augen seiner Schwester weiteten. „Nationale Nachrichten wären großartig."

Was dachte sich Ryan dabei, das anzustacheln? Aber er musste zugeben, dass er es ziemlich unterhaltsam fände, wenn der Spieß umgedreht wäre – Männern gefiel es, ihre Freunde in Bredouille zu sehen.

Das Problem war, dass er gerade jetzt Fortschritte mit Jessica machte. Sie würde bei der Auktion auf gar keinen Fall um ihn bieten. *Oder würde sie?*

„Ignoriere Ryan. Das ist für einen guten Zweck und es ist nur ein Abendessen. Du hilfst uns und wer weiß, du könntest sogar ein Date bekommen, bei dem du gern bist. Falls nicht, ist es nur ein Abendessen."

Levi rieb sich den Nasenrücken. Seine Schwestern haben wirklich hart gearbeitet, um das Familienresort am Laufen und profitabel zu halten, und wenn er aushelfen konnte, könnte er dafür einen Abend opfern.

„Na gut", brummte er. „Du weißt, dass ich es nicht ablehnen kann, zu helfen. Aber mir muss das nicht gefallen."

Jillian legte ihre Arme um seinen Hals und küsste ihn auf die Wange. „Ich liebe dich, großer Bruder. Ich wusste, du bist dabei." Sie trat zurück und schaute ihn an. „Wie läuft es mit Jessica?"

„Das fragst du, nachdem du mich verkuppeln

willst?"

„Na ja, schon. Glaubst du, sie wird ein Gebot für dich abgeben?"

„Wir sind Freunde."

„Ich dachte, ich hätte da bei Mom zuhause etwas Interessanteres als Freundschaft zwischen euch beiden gesehen."

Er neigte seinen Kopf zur Seite und musterte sie. „Und daher hast du entschieden, eine Junggesellenauktion zum Valentinstag zu machen und mich ins Getümmel zu werfen? Das ist wirklich hilfreich von dir."

Ein Funkeln erhellte ihre Augen. „Vielleicht ist ein wenig Wettbewerb und Druck eine gute Sache. Jessica könnte sich dafür entscheiden, für jemanden zu bieten, und vielleicht würde sie ein Gebot für dich abgeben."

„Wir kennen uns erst seit ein paar Wochen. Gib mir etwas Zeit. Außerdem halte ich Jessica nicht für die Art Frau, die bei einer Junggesellenauktion mitbietet. Und das ist wahrscheinlich eine der Sachen, die ich an ihr mag." Die Frau aus dem Supermarkt kam ihm in den Sinn.

Jillian trat lächelnd zurück in Richtung Tür. „Ich schätze, das werden wir vor dem 14. Februar nicht wissen." Sie kicherte und winkte, warf Ryan eine Kusshand zu und ging aus der Tür.

Betty Lou schob ihren Kopf durch den Türrahmen der Zentrale. „Ich glaube, ich werde selbst zu der Valentinsauktion kommen müssen, um zu sehen, wer um Sie mitbietet. Womöglich biete ich für Sie sogar selbst mit und heize die Stimmung etwas an."

Levis Augenbrauen senkten sich zu einem bösen Blick. Das war seine automatische Reaktion auf seine Einsatzkoordinatorin in ihren Sechzigern. „Betty Lou, falls es schlecht läuft, werde ich Sie vielleicht bezahlen, damit Sie sich ins Getümmel stürzen und mich da rauskaufen."

Sie grinste. „Hey, das ist eine Idee. Ich kann für einen bestimmten Preis gekauft werden. Andererseits werde ich mich wahrscheinlich einfach zurücklehnen und Sie leiden sehen müssen." Sie zwinkerte und ging dann zurück an die Arbeit.

Ryans Schultern zuckten; er lachte so heftig, wobei er versuchte, kein Geräusch von sich zu geben, während er Levi durch über seinem Gesicht ausgebreitete Finger beobachtete. Er zog seine Hand weg. „Der Unterhaltungswert davon wird es wert sein, dafür Tickets zu verkaufen. Ich sollte womöglich ein Gewinnspiel starten."

„Ich glaube, ich bin kurz davor, etwas zu sagen, von dem ich nie gedacht hätte, dass ich es sagen würde. Aber jetzt gerade wünschte ich, die Paparazzi kämen zurück in die Stadt und würden mir etwas anderes zu tun geben, als hier zu sitzen und dir zuzuhören, wie du mich wegen dieser Auktion aufziehst."

„Na ja, behalte den Gedanken mal im Hinterkopf, denn wenn wegen dir Zickenkriege ausbrechen, tauchen die Paparazzi womöglich wieder auf und bringen dich auf die Titelseiten der Klatschmagazine."

„Hey, jetzt ist gut. Das ist zu gruselig, um sich das überhaupt vorzustellen. Oh meine Güte, schau – meine Schicht ist vorbei." Levi stand auf, nahm seine Schlüssel vom Tisch und ging dann in Richtung Tür. „Ich wünsche dir und Baker einen schönen Abend, während ihr die Stellung haltet. Wir sehen uns morgen früh.“

Er hörte Ryans Gekicher, als sich die Tür hinter ihm schloss. Das war ein verrückter Tag gewesen – selbst bevor Jillian ins Büro gekommen war. Er hatte einen betrunkenen Fahrer, der gegen einen Baum gefahren war – besser als in eine unschuldige Familie – , dann hatte es Aufregung am Hafen gegeben, als ein Tourist befand, dass ein Charterkapitän ihn betrogen hatte – was nicht der Fall gewesen war. Und dann ein kleiner Dieb im Supermarkt. Eine Fülle ungewöhnlicher, kleiner Ereignisse… Jillians Vorhaben passte genau dazu.

Er hatte viel an Jessica gedacht. Es war zwei Tage her, seitdem er sie gesehen hatte. Zwei Tage, seitdem er sie geküsst und sie zugegeben hatte, dass sie Gefühle für ihn haben könnte.

Zwei Tage zu lang.

Trotz der Tatsache, dass er in dem Versuch, ihr Zeit zu geben, sich an die Gefühle, die sie eingestanden hatte, zu gewöhnen, auf Abstand geblieben war, hatte er große Lust, sie zu treffen. Doch auf Abstand zu bleiben, war schwer gewesen und er war sich nicht sicher, ob er das noch länger könnte. Er vermisste sie und auch Kevin.

Als er in den SUV stieg, wählte er ihre Nummer.

„Hallo Levi." Sie ging beim ersten Klingeln ran. Ihre Stimme war sanft.

Wärme wanderte durch ihn hindurch. „Ich habe dich vermisst", sagte er und kümmerte sich nicht einmal um ein Hallo.

„Oh", flüsterte sie fast. „Ich – Ich habe dich auch vermisst."

„Hätten du, Kevin und Roscoe heute Abend Lust auf ein Picknick am Strand? Jaco und ich könnten etwas Gesellschaft gebrauchen."

Er wurde angespannt sich an und fragte sich, ob sie ja sagen würde. Es gab eine Pause.

„Das würde uns gefallen."

Ja, wollte er schreien. Er fühlte sich eher wie ein Kind als wie der Polizeichef von Windswept Bay. „Großartig. Wie wäre es, wenn ich euch etwa in einer Stunde abhole?" Jetzt war es fünf, es wäre also um sechs, womit sie ein paar Stunden Zeit hätten, bevor es dunkel wurde.

„Das klingt perfekt."

„Perfekt", sagte er. Und das war es.

„Das ist eine tolle Idee", brüllte Kevin aus voller Kehle, wobei er aus dem Truck in den Sand sprang. Beide Hunde folgten ihm. Sie rannten in Richtung Wasser; Kevin lachte, als Roscoe ihn im Sand behutsam umwarf und Jaco sich mit seinen riesigen Welpenpfoten mit ihnen im Sand rollte.

Jessicas Herz zog sich zusammen, während sie Kevin die Wasserkante entlang springen sah, während er mit den Hunden Möwen jagte. Seitdem sie Levi gestanden hatte, dass sie etwas für ihn empfand, war sie unruhig gewesen. Seitdem sie ihn am Abend der Geburtstagsfeier geküsst und mit ihm gekuschelt hatte.

Sie hatte Lana erzählte, was passiert war, und ihre Freundin war außer sich vor Freude gewesen.

Jessica befand sich in solch einer merkwürdigen Lage. Freude, Aufregung, Ängstlichkeit und Sorge waren alle in eine Mischung verflochten, die mit der Windstärke eines Hurrikans in ihr wütete. Und dennoch hatte sie in dem Moment, in dem Levi angerufen und gefragt hatte, ob sie zum Picknick mit an den Strand kommen würden, sofort ja gesagt.

Jetzt erfüllte sie ein Hauch von Vorfreude, während sein Blick auf ihr ruhte. *Oh, was für ein verwirrendes Netz hatte sich da um ihr Herz gewoben.*

Levi nahm den Picknickkorb aus dem Kofferraum und sah besser aus, als er aussehen sollte, wenn er ihr helfen wollte, ihre Vorfreude, dass er sie erneut küsste, zu überwinden. Er war ihr keine Hilfe… weil sie das nicht wollte. Das stimmte.

„Ich bin froh, dass ihr mitgekommen seid. Du und Kevin, ihr habt mir gefehlt." Er lächelte und gab ihr eine Frisbee und einen Drachen. „Ich dachte, Kevin würde es gefallen, wenn wir damit spielen."

Ein Kloß hing ihr fest im Hals, während Jessica die Sachen nahm. „Wird er", brachte sie hervor. „Danke."

Am Strand waren viele Familien, aber es war nicht so überfüllt, dass sie keinen größeren Bereich für sich haben konnten. Sie gingen in Richtung des topasblauen

Wassers. Ihre Arme streiften sich beim Gehen. Sie versuchte angestrengt zu verhindern, dass sein Verhalten ihr Herz mit Freude erfüllte. Aber es war schwer. Alles an ihm berührte die verwundeten Tiefen ihrer Seele. Und dann war da die einfache und nicht zu leugnende Tatsache, dass er ein toller Daddy für Kevin wäre.

Könnte sie sich in Levi Sinclair verlieben?

„Geht es dir gut?", fragte er.

„Ja", sagte sie zu schnell. Die Frage hallte durch ihren Kopf. „Hier, lass mich die Decke ausbreiten, damit du den Korb daraufstellen kannst." Sie nahm die Decke aus seiner Armbeuge und schüttelte sie aus, um sie über den weißen Sand auszubreiten. Ihr Herz schlug im Schnellfeuer und sie konzentrierte sich darauf, ihre Emotionen unter Kontrolle zu kriegen.

Das alles passierte zu schnell. Sie brauchte Zeit.

Und dennoch waren die Emotionen da.

Kevin rannte herbei, seine Wangen rot vom Rennen. „Eine Frisbee! Können wir spielen?"

„Klar." Levi warf ihr einen fragenden Blick zu.

„Willst du?"

„Ja, ich werfe sie zuerst." Sie lächelte. „Ihr beiden verteilt euch besser", warnte sie und lachte dann, als Levi mit Kevin dicht auf den Fersen über den Sand joggte.

Bevor sie zu weit liefen, rief sie: „Aufgepasst!" Sobald Levi sich umdrehte, warf sie die Scheibe in seine Richtung. Sie lachte erneut über seinen überraschten Gesichtsausdruck, als die Frisbee gerade und direkt zu ihm flog... aber gerade hoch genug, dass er springen musste, um sie zu fangen.

„Großartiger Wurf", rief er, während er sie direkt zu Kevin warf, der sie geradeso verpasste und ihr über den Sand hinterher jagen musste. Die Hunde besiegten ihn dabei und er musste sie sich aus Roscoes Schnauze holen.

„Lass los, Junge." Der sanfte Riese gab sein neues Spielzeug auf. Kevin grinste sie an. Ich werde sie werfen und schauen, wer sie zuerst bekommt", rief er und schleuderte die Frisbee dann so kraftvoll er konnte.

Sie eierte in einem verrückten Bogen und Jessica sprang im Versuch, sie zu fangen, hoch. Levi sprang auch hoch und sie stießen in der Luft zusammen. Seine Arme legten sich um sie und er ließ sie auf ihm im weichen Sand landen. Sie rollten sich, lachten gemeinsam und kamen mit ihr in seinen Armen zum Halt, wobei sie in sein lachendes Gesicht blickte. Ihr verschlug es den Atem, als sein sattes, waldiges Aftershave über sie hinweg schwebte; ihr Herz schlug heftig gegen ihre Rippen als würde es versuchen, zu seinem zu kommen.

„Ich denke, das Verfehlen zählt als Unentschieden." Er lächelte und verhielt sich ganz und gar nicht so, als wäre er bereit, aufzustehen.

„Ich denke, du hast Recht. Aber ich bin zuerst gesprungen und du hast mich weggestoßen, damit ich sie nicht kriege. Foul."

Er grinste. „Oder vielleicht, um dich in meine Arme zu kriegen."

„Mom." Kevin lachte, während er über ihr und Levi stand und über beide Ohren grinste. „Du hattest sie fast. Jetzt hab ich sie."

Jessica hatte sich im Moment verloren und jetzt waren ihre Wangen vor Scham errötet, während sie aus Levis Armen krabbelte. „Das ist toll. Ich hab sie wirklich verfehlt, nicht wahr?"

„Ja, Ma'am, aber du hast es probiert. Und das zählt. Außerdem ist Levi mit dir zusammengestoßen. Auch wenn ich froh bin, dass er dich gefangen hat."

Levis Augen funkelten verschmitzt. „Das bin ich auch, Kumpel. Ich bin mir sicher, angegriffen zu werden hatte deine Mom nicht auf dem Schirm." Levi stand auf und streckte ihr seine Hand entgegen. „Auf geht's, raus aus dem Sand. Ich würde sagen, es ist wahrscheinlich Zeit, etwas zu essen."

„Ich bin am Verhungern." Kevin ging in Richtung Picknickkorb.

Jessica legte ihre Hand in Levis und spürte die Wärme seiner Berührung, während er sie hochzog und dann zärtlich in seine Arme nahm.

Er schaute kurz, um sicherzugehen, dass Kevin nicht hinsah. „Es tut mir wirklich leid. Ich würde dir im Leben nicht wehtun."

Sie blickte ihn an. „Ich weiß." Sie bewegte sich aus seinen Armen heraus.

Und das stimmte: Sie wusste, dass Levi Sinclair ihr nie absichtlich wehtun würde. Sie musste nur herausfinden, ob sie ihr Herz für den unbeabsichtigten Teil dieser Gleichung riskieren könnte. Denn auch Adam hätte ihr nie absichtlich wehgetan und dennoch hatte er sie tief verletzt, als sie ihn verloren hatte."

KAPITEL VIERZEHN

Levi konnte nicht glauben, dass er die arme Jessica wie ein Linebacker in einem Profi-Footballspiel gefoult hatte. Oder wie ein Krimineller, der auf der Flucht niedergestreckt wurde. Falls er gehofft hatte, sie zu beeindrucken, war das sicherlich nicht die Art, das zu tun. Sie hätte im Krankenhaus enden können. Aber glücklicherweise schien bei ihr alles okay zu sein. Morgen könnte ihr trotzdem was wehtun.

Kevin wartete auf der Decke auf sie, während er gespannt in den Picknickkorb lugte. Als sie ankamen, schaute er auf. Die Freude im Gesicht des Kindes riss an Levis Herz. Er gewöhnte sich ziemlich daran, den kleinen Jungen glücklich zu sehen, und wusste, dass er alles für Kevin tun würde.

Und für Jessica.

„Oh, hast du da drinnen etwas gefunden, das du magst?", fragte er.

„Oh ja, dort sind ein paar Cosmic Brownies drin. Die liebe ich." Kevin grinste.

Jessica setzte sich auf die Decke. „Du magst alles, wo das Little Debbie Logo drauf ist."

„Ich mag die Sachen von Little Debbie irgendwie auch", sagte Levi. „Ich habe nur getippt, dass Cosmic Brownies womöglich ein Volltreffer sind. Ich glaube, Kinder mögen diese Süßigkeiten normalerweise über alles."

Kevin nickte aufgeregt. „Das tue ich. Ich mag auch die Dinger mit Erdnussbutter und Schokolade."

„Nutty Buddies."

„Oh genau. Ich mag auch diese Rice Crispy Cookies. Lecker."

Jessica kicherte und schaute in den Korb. „Warte, bitte sag mir, dass hier nicht nur Knabberzeug drin ist.

Ich fange an, zu glauben, dass ihr beiden Jungs vielleicht vorhabt, eine Mahlzeit nur aus Junk-Food zu essen.“

„Ich habe mehr mitgebracht als Knabberzeug.“ Levi griff in den Korb und zog einen mit Frischhaltefolie überzogenen Teller heraus, auf dem sich eine solide Auswahl an Sandwiches befand, die diagonal in vier kleine, dreieckige Sandwiches geschnitten waren.

Jessica sah in an und hob fragend eine Augenbraue. „Du hast sie sogar in Dreiecke geschnitten?“

Er zuckte mit den Schultern. „In unserer Kindheit haben wir es immer gemocht, wenn Mom unsere belegten Brote in Dreiecke geschnitten hat. Ich schätze, da kam das Kind in mir heraus, als ich entschied, dieses Picknick für dich und Kevin zu machen.“

Kevin gluckste. „Ich beschwere mich nicht. Ich mag kleine Dreiecke auch. Hast du vielleicht Erdnussbutter und Marmelade da im Korb?“

Levi tat so, als wäre er beleidigt. „Natürlich. Was

ist das für eine Frage, junger Mann? Ein Mann muss seine Erdnussbutter haben. Die macht dich stark.“

Er sah den Ausdruck auf Jessicas Gesicht, während sie sie beobachtete, und fragte sich, was sie dachte. Er fragte sich, ob ihr solche Momente, in denen sie Kevin bei Sachen beobachtete, die er mit seinem Vater, Adam, gemacht haben könnte oder sollte, schwer fielen. Levi erinnerte sich an viele Male, als sein eigener Vater mit der Familie so wie jetzt zum Picknicken an den Strand gegangen ist, und an den Spaß, den sie gehabt hatten. Er konnte sich nicht vorstellen, diese Momente mit irgendwem anderen als seinem Vater verbracht zu haben. Er wollte sanft ihre Wange streicheln und ihr sagen, dass es ihm Leid tat, dass sie den Verlust eines geliebten Menschen hatte durchmachen müssen. Er wollte ihr sagen, dass er dafür sorgen würde, dass alles gut wurde, und dennoch wusste er, dass er das nicht konnte.

Wie konnte er überhaupt denken, dass sie wollen würde, dass jemand das, was sie für ihren Ehemann empfunden hat, ersetzen würde? Die Frage quälte ihn. Er fühlte sich sogar schuldig für die Tatsache, dass er sich freute, diese Zeit mit ihnen zu teilen. *Aber es war geliehene Zeit... die Zeit von jemand anderem.* Der Gedanken schlug auf ihn ein und die Realität traf ihn, dass der einzige Grund, warum sie hier war, der war, dass der Mann, der hier sein sollte, tot war.

Es war eine harte Realität. Für ihn war es ein moralisches Dilemma und plötzlich war er sich unschlüssig, wie er das finden sollte.

Jessicas Herz schmolz dahin, während sie Levi mit Kevin beobachtete. Sie steckte tief in Schwierigkeiten. Diesem Mann würde sie schwer widerstehen können. Momentan war sie sich über nichts sicher, außer dass Kevin das brauchte.

Sie aßen und kicherten und lachten. Levi neckte Kevin, welcher den Hunden Futter hinwarf und auf Möwen und Wolken deutete. Als die Sonne begann, unterzugehen, flogen er und Levi noch kurz mit dem Drachen, bevor der Wind nachließ und sich die Dämmerung über die Bucht legte. Ihr Herz schmerzte beim Anblick der beiden.

Die meisten Familien den Strand entlang hatte ihre Sachen eingepackt und gingen zu den Autos. Nur noch paar Leute waren vereinzelt über den breiten Strand verteilt. Während sie dort saß, wurde ihr klar, dass sie für das Ende dieses Abends noch nicht bereit war. Es war zu perfekt, zu schön gewesen.

Sie packte die Decke ein und machte sich bereit für den Heimweg, als ein Schrei die Luft durchdrang.

Levi drehte sich um und ließ den Picknickkorb sinken, als er eine Frau zum Wasser rennen sah. Die Rettungsschwimmer hatten bereits Feierabend. Jessica suchte das Wasser ab, als Levi losrannte.

„Ruf 911 an, jetzt", rief er über seine Schulter hinweg.

Jessica nahm ihr Telefon und wählte den Notruf. Dann nahm sie Kevins Hand und sie rannten ihm nach; die Hunde springend hinter sich. Bevor sie die Frau erreichen konnte, war Levi in die Wellen gestürmt.

Die Leitstelle unter 911 ging ran. Sie erzählte ihr schnell, was los war und dass Levi gerade ins Wasser gegangen war. Die Frau mit der rauen Stimme am anderen Ende der Leitung war ganz sachlich, während sie Jessica sagte, dass sie warten solle, dass Hilfe auf dem Weg war und dass sie den Besten, den es gab, zur Hilfe hatte.

„Was ist los, Mom?" Kevins Stimme bebte.

Jessica rutschte das Herz in die Hose. Als Adam ins Wasser gegangen war, um die Familie zu retten, war sie nicht dabei gewesen. Sie hatte nicht gesehen, wie er einen nach dem anderen herausgezogen und wieder und wieder zurückgegangen war. Ihr war es von der dankbaren Familie erzählt worden, aber sie war nicht da gewesen.

Sie hatte ihn nicht unter dem Wasser verschwinden sehen. Aber sie hatte immer und immer wieder davon geträumt.

Sie hatte diesen Moment in ihrem Kopf, in ihrem Herzen so viele Male durchlebt, dass sie ihn nicht noch einmal durchmachen wollte. Wollte sich nicht vorstellen oder nicht einmal daran denken, dass Levi nicht wieder aus diesem Wasser kommen würde.

Sie drückte Kevins Hand, zog ihn in ihre Arme und hielt ihn fest, während sie betete, dass Levis Kopf über den Wellen auftauchte. Sie sah die Person in den

Fängen des Wassers mit der Hand winken, bevor sie ebenfalls unter der Wasseroberfläche verschwand. Ihr Herz hörte beinahe auf zu schlagen. *Wo war Levi?*

Verzweiflung erfüllte sie. *Sie sollte reingehen. Sie sollte helfen.*

Aber sie konnte Kevin nicht zurücklassen. Ihr Sohn hatte schon zu viel verloren. Daher betete sie. Und dann sah sie Levis Kopf aus dem Wasser auftauchen. Erleichterung wusch wie ein Wasserfall über sie hinweg. Er hatte den Schwimmer in seiner Armbeuge gepackt – der typische Rettungsschwimmergriff. Kalte und bis auf die Knochen auskühlende Erleichterung erfüllte sie. *Sie kamen zum Ufer, Gottseidank.*

Sie hatte einen Kloß im Hals, während Levi sich aus dem Wasser kämpfte und einen jugendlichen Jungen mit sich zog. Als er auf den nassen Sand kam, drehte er ihn auf die Seite und klopfte ihm ein paar Mal auf den Rücken. Der Teenager hustete zum Glück und war bei Bewusstsein. Levi war rechtzeitig bei ihm gewesen. Seine noch immer hysterische Mutter eilte herbei, um ihren Sohn zu umarmen.

In der Ferne konnte man Sirenen hören, während sich die wenigen Leute, die noch am Strand waren, jetzt um sie sammelten. Jessica hatte sich in den Sand gekniet und hielt Kevin nahe bei sich, während sie Levi mit dem Teenager arbeiten sah. Kevin zitterte in ihren Armen und sie spürte seine Tränen an ihrer Schulter. Spürte ihre eigenen Tränen ihre Wangen hinunterlaufen.

Als der SUV der Polizei, gefolgt von einem Rettungswagen, über den Sand raste, hob sie Kevin hoch und er hing sich an ihren Hals. In ihren Armen fühlte er sich so klein an. Er war ein kleiner Großer, aber sie hielt ihn fest in ihren Armen und ging in Richtung Truck. Sie hatten genug gesehen. Sie war dankbar, dass es dem Jugendlichen gut ging. Danke Gott. Aber ihr und Kevin ging es nicht gut.

„Liebling, alles wird gut werden."

Er rollte seinen Kopf an ihrer Schulter vor und zurück. Seine nassen Tränen rieben an ihrer Haut. „Ich dachte, Levi würde sterben. Wie Daddy."

Ihr Herz schmerzte. „Aber ihm ging es gut. Du hast ihn gesehen. Alles in Ordnung."

Kevin hob seinen Kopf und schniefte. „Ich will ihn nicht auch verlieren."

Jessica kämpfte gegen die Tränen. Sie konnte jetzt nicht weinen. Aber sie wusste, dass auch sie Levi nicht verlieren konnte. Und sie konnte auch nicht zulassen, dass Kevin ihn verlor…

Es jetzt zu beenden, könnte sie vor dem Herzschmerz bewahren, den sie erleiden könnten, wenn sie zuließ, dass sie sich noch mehr in Levi verliebten.

Liebe? Nein – sie konnte sich nicht erlauben, ihn zu lieben. Wenn sie ihn liebte, konnte sie ihn verlieren. Wenn sie Levi in ihr Herz ließ, könnte er es brechen. Wenn sie jetzt einen Rückzieher machte, wären sie verletzt, aber nicht annähernd so schlimm, wie sie verletzt werden könnten, wenn sie ihre Beziehung fortsetzte.

KAPITEL FÜNFZEHN

Sobald der Rettungswagen weggefahren war und den Teenager mit dem großen Glück ins Krankenhaus brachte, machte sich Levi auf die Suche nach Jessica und Kevin. Er fand sie im Truck und sie sahen nicht gut aus.

Sorge war in Jessicas wunderschönes Gesicht und ihre zusammengesackten Schultern geschrieben.

Auch Kevin sah klein und untröstlich aus. Aber als er Levi sah, weiteten sich seine Augen und er streckte seine Arme aus. Levi zögerte nicht, den kleinen Jungen vom Schoß seiner Mutter und in seine Arme zu ziehen.

Kevins Körper bebte, während er ihn hielt, und er traf Jessicas Blick über die Schulter ihres Sohnes hinweg.

„Hey, komm schon, alles ist gut, Kevin. Alles wird gut", versicherte er ihnen beiden.

„Ich dachte, du würdest ertrinken, wie mein Daddy."

Die Worte trafen Levi wie ein Tsunami und er verstand. Das hatte all den Schmerz, den die beiden durchgemacht hatten, zurückgebracht. Den Jungen dabei zu beobachten, wie er fast ertrunken wäre, machte es persönlicher für sie. Die Emotionen in Jessicas Gesicht ergaben jetzt mehr Sinn, wenn man den traumatischen Verlust von Adam bedachte.

„Tut mir leid, dass ich dich erschreckt habe, Sohn." Das Wort rutschte heraus, bevor er es aufhalten konnte. Jessica sah weg und starrte durch die Windschutzscheibe nach draußen in die Dunkelheit.

„Ich werde dich nicht verlassen."

„Mein Daddy hat es getan."

„Dein Daddy war lange Zeit im Wasser und hat all diese Leben gerettet. Er hat dich nicht mit Absicht verlassen." Levi war der Situation nicht gewachsen. Er schaute zu Jessica; sie saß jedoch starr wie eine Statue und starrte weiter aus dem Fenster. Sorge riss an Levi.

„Kommt schon. Wir bringen euch nach Hause.“

Er setzte Kevin auf den Rücksitz und schnallte ihn an. „Dein Daddy wäre wirklich stolz auf dich, junger Mann. Du warst sehr tapfer. Deinen Daddy zu verlieren, war sehr schlimm. Und du hast geholfen, dich die ganze Zeit um deine Mom und Roscoe zu kümmern. Du wächst zu einem großartigen, jungen Mann heran. Ich habe deinen Daddy nicht gekannt, aber ich weiß, dass er jetzt gerade aus dem Himmel zu dir herunterschaut und er lächelt, weil du so tapfer warst.“

„Levi hat Recht, Kevin, Liebling.“ Jessica drehte sich ein wenig im Sitz herum, sodass sie zu ihrem Sohn schauen konnte. Im Schein der Innenbeleuchtung konnte er die Liebe für und Sorge um Kevin in ihren Augen sehen. „Du warst wundervoll und tapfer und dein Daddy wäre stolz auf dich.“

„Ich will, dass er das ist. Aber ich hatte Angst um dich, Levi“, sagte Kevin. „Ich liebe dich und will keinen zweiten Daddy verlieren.“

Levis Herz fiel wie ein Vorschlaghammer. Jessicas Blick traf seinen und er konnte nicht sagen, was sie dachte.

„Es ist Zeit, nach Hause zu gehen." Dann drehte sie sich zurück nach vorn und zog den Sitzgurt um sich; ein Signal, dass es Zeit war, zu fahren.

Levi machte Kevins Tür zu und rieb sich dann die Stirn, während er um den Truck herum ging. *Wie machten sie von hier aus weiter?*

„Schläft er?", fragte Levi, als Jessica zurück ins Wohnzimmer kam, nachdem sie Kevin zum Schlafen hingelegt hatte. Es hatte eine Weile gedauert. Kevin hatte gewollt, dass Levi ihm eine Gutenachtgesichte vorlas, aber in Anbetracht des Daddy-Kommentars dachte sie, es wäre das Beste, die Bitte abzuwenden.

Stattdessen hatte sie ihm erzählt, dass sie das tun würde und sie hatte Levi gebeten, auf sie zu warten, wenn er könnte. Ihr hatte es nicht gefallen, ihn darum zu bitten – er war noch immer nass davon, dass er ins Wasser gegangen war – aber das war wichtig. Sie mussten reden.

Er hatte sich ein Handtuch um die Schultern gelegt, saß in einem Stuhl am Tisch und beobachtete die Hunde im Garten spielen.

„Er schläft. Emotionen erschöpfen ihn ziemlich." Sie verschränkte ihre Arme über ihrem Bauch und stärkte sich für das, was sie sagen wollte. „Ich kann das nicht, Levi. Ich kann das nicht erneut durchmachen. Und ich kann auch Kevin das nicht noch einmal durchmachen lassen."

Levi stand auf und ging hinüber. „Jessica, sei nicht voreilig. Du bist einfach aufgewühlt. Ich verstehe, wenn du das hier beenden willst. Aber nicht in einem unbedachten und unvorhergesehenen Moment wie diesem. Du bist emotional. Das war schlimm für euch beide. Das verstehe ich und ich fühle mit euch. Aber –"

„Kein aber. Du hast gehört, was Kevin gesagt hat. Er hat dich Daddy genannt und du ihn Sohn. Ich kann nicht –" Ihre Stimme brach. „Ich kann nicht zulassen, dass er erneut verletzt wird."

Levi legte seine Arme um sie und zog sie nahe zu sich. Er fühlte sich so gut an und sie legte ihre Wange in die Beugung seines Halses. Sie brauchte den Trost… brauchte ihn.

„Jessica, ich liebe dich. Und ich liebe Kevin. Ich würde nie zulassen, dass einem von euch beiden etwas passiert."

Er liebte sie. Sie unterdrückte ein Keuchen, während seine Worte wirkten; sie erstarrte in seinen Armen und hob ihren Kopf. *Was machte sie da, sich so bei ihm fallen zu lassen?*

Sie brauchte eine Barriere zwischen ihnen, um die Freude, die bei seinen Worten versuchte, in ihr auszubrechen, zu bekämpfen. „Ich kann nicht." Trotz des unerträglichen Verlangens, ihren Kopf zurück an seine Schulter zu legen und dieser wachsenden Schwäche für seine Berührungen nachzugeben, zog sie sich aus seinen Armen zurück. Sie wiederholte: „Ich kann nicht, Levi. Ich hoffe, du kannst das verstehen."

Er starrte sie mit sprachlosem, aber besorgtem Gesichtsausdruck an. Dann nickte er schließlich. „Ich bin da, wenn du mich brauchst." Er trat von der Terrasse. Er rief flüsternd nach Jaco und ging an der Seite des Hauses vorbei zum Tor. Ihr Herz rief nein, während er um die Ecke des Hauses verschwand.

Jessica stand mit Roscoe da und sank dann auf die Treppen der Terrasse und auf Augenhöhe zu dem anklagend schauenden Hund. Er musterte sie, als würde er ihr vorwerfen, dass sie dafür gesorgt hatte, dass sein Freund wegging. Sie hatte keinen Zweifel, dass Kevin sie auf dieselbe anklagende Weise anschauen würde, wenn er erfuhr, dass sie keine Zeit mehr mit Levi verbringen würden.

Levi war feuchtkalt, verärgert und die klamme Kleidung verbesserte seine Stimmung nicht, während er in sein Haus ging und die Tür zuschlug. Jaco sah mit ängstlicher Miene zu ihm auf, als wüsste er, dass etwas nicht in Ordnung war.

Das war die Untertreibung des Jahres.

Nichts war in Ordnung.

Er hatte ein Leben gerettet, um Himmels willen! Das hätte etwas wert sein sollen und stattdessen war es Auslöser für eine Katastrophe gewesen.

Er zog die nassen, widerlichen Klamotten aus und

nahm eine heiße Dusche, während das Bild von Jessicas und Kevins Gesichtern ihm durch den Kopf ging. Nachdem er ihr gesagt hatte, dass er sie liebte, und sie ihm, dass sie die wachsende Beziehung nicht fortsetzen konnte, hatte er in dem Moment nicht gewusst, was er sonst tun sollte. Sie war zu aufgewühlt, zu verstört gewesen. *Würde es ihr morgen besser gehen?*

Er war der Sache nicht gewachsen und ertrank in Ungewissheit darüber, wie er mit der Situation umgehen sollte. Würde man jemanden, der unter solch einem Schmerz litt, drängen? Würde man sich einfach zurückhalten und ihr Raum geben? Eine Sache wusste er mit Sicherheit: Er wollte tun, was das Beste für Jessica war.

Selbst wenn das bedeutete, am Ende ein für alle Mal Abstand zu ihr zu nehmen.

Er wäre der erste, der zugab, dass er nicht so betete wie man sollte, aber mit seinen Händen an der Duschwand und dem heißen Wasser, das auf seine angespannte Haut prasselte, betete er um Hilfe. Denn er brauchte Antworten und auf gar keinen Fall würde er es ertragen, den Schmerz in Jessicas Augen zu verschlimmern.

Am nächsten Morgen war Jessica so dankbar, dass Samstag war. Sie war überrascht, als Kevin in ihr Zimmer hüpfte und auf das Bett sprang, während Roscoe ihm folgte. Roscoe betrachtete sie neugierig von seinem Platz auf dem Fußboden aus.

„Bist du schon wach?", fragte Kevin übers ganze Gesicht grinsend.

Sie hätte niemals geglaubt, dass das derselbe traurige, kleine Junge von vorheriger Nacht war.

„Ich bin wach." Sie setzte sich auf und lächelte ihn an. „Du siehst heute Morgen glücklich aus."

„Bin ich, Mom. Ich habe die ganze Nacht daran gedacht, was Levi für ein Held ist. Er hat gestern Abend den Jungen gerettet. Das war cool. Und das hat mein Daddy getan."

„Ja, du hast Recht. Und du bist nicht mehr traurig?" Ihr Kind hörte niemals auf, sie zu überraschen. Resilienz war das Wort, das ihr in den

Sinn kam.

„Nein, Mom. Es hat mich gestern Abend erschreckt. Aber warte einfach darauf, bis ich den Kindern in der Schule erzähle, was mein neuer Daddy getan hat."

Jessicas Herz schmerzte. Aber das musste aufhören. „Kevin, du kannst all den Kindern in der Schule erzählen, was Levi getan hat. Aber Schatz, ich habe dir das bereits erklärt. Levi wird nicht dein neuer Daddy werden. Und du musst aufhören, das zu sagen."

Kevins Augenbrauen kräuselten sich und sein Gesicht zog sich vor Verwirrung zusammen. „Aber das ist er."

Jessica wollte schreien. Unsicher, ob sie das Richtige tat, nahm sie seine Hände in ihre und sagte bestimmt: „Hör auf damit, Kevin. Die einzige Möglichkeit, dass Levi dein neuer Daddy sein könnte, wäre, wenn ich ihn heiraten würde. Und ich werde ihn nicht heiraten. Verstehst du das?"

Kevin zog seine Hände aus ihren und schaute sie böse an. „Du könntest ihn heiraten. Du magst ihn. Er bringt dich zum Lachen und Grinsen und ich habe gesehen, wie du ihn geküsst hast, und das machen Mommys und Daddys.“

„Du hast gesehen, wie ich ihn geküsst habe?“

„Am Abend nach der Geburtstagsfeier, als ich schlafen sollte. Ich habe um die Tür geguckt und ihr habt auf der Couch gesessen und euch geküsst.“

Jessica seufzte. „Erstens, brauchst du nicht in dem Ton mit mir reden, junger Mann. Und zweitens, bedeutet küssen nicht, dass man heiratet.“ Sie sagte nichts zu dem Lachen und Grinsen, von dem er gesprochen hatte. Es stimmte. Sie konnte nicht leugnen, dass Levi Sinclair sie auf so viele Arten zurück ins Leben gebracht hatte, was selbst ihrem Kind aufgefallen war. *Was sagte sie dazu?*

Sie konzentrierte sich auf seine Haltung. „Ich möchte, dass du dich entschuldigst, so unhöflich mit mir gesprochen zu haben.“ *Weiter so, Supermom.* Ihr Kind befand sich in einer Krise und sie brachte ihn dazu, sich bei ihr für seine Unverschämtheit zu entschuldigen. Er verlieh seinen Gefühlen Ausdruck. Aber sie wusste nicht, was sie sonst tun sollte. Sie musste einen Weg finden, um Kontrolle über die

Situation zu gewinnen. Und die einzige Sache, die sie wusste, war dahin zurückzukehren, ihm zu erzählen, dass er an seine Manieren denken sollte.

Womöglich würde sie den Preis für die Mutter des Jahres gewinnen.

Meine Güte – *nicht.*

„Entschuldigung", sagte Kevin leise. Er rutschte zur Bettkante, kletterte runter und traf ihren Blick. Dann drehte er sich, ohne ein weiteres Wort, um und ging aus dem Schlafzimmer. Roscoe, der große, liebenswerte Hund, neigte seinen Kopf und schaute sie an, als würde er sie fragen, was sie da machte. Sie dachte unmittelbar an Adam.

Roscoe war Adams Hund gewesen. Ihn jetzt anzusehen, war fast, als könnte sie Adam sehen, wie er sie durch die süßen Augen des Hundes anschaute.

Er macht dich glücklich.

Der Satz hallte durch sie hindurch, aber nicht im Klang ihrer kleinen Stimme im Kopf, sondern mit dem Klang der tiefen, kostbaren Stimme ihres Ehemannes. *Er macht dich glücklich. Er bringt dich zum Lachen. Er lässt dich Liebe empfinden.*

Und er lässt dich Angst empfinden, entgegnete sie. Und mit diesem Gedanken stand sie aus dem Bett auf und zog sich an. Sie hatte das Gefühl, dass es ein langer Tag werden würde.

Sie war auf dem Weg in die Küche, als ihr Telefon klingelte. Es war Jillian. „Hey", sagte sie, als sie ranging.

„Selber hey", sagte Jillian. „Wie geht es dir und Kevin? Levi hat angerufen und mir erzählt, was passiert ist. Er macht sich Sorgen um dich. Euch beide. Ich bin auf dem Weg zu euch. Wollte dich nur vorwarnen."

„Uns geht es gut. Du brauchst nicht –"

„Zu spät – bin bereits in der Auffahrt." Die Leitung war tot.

„Mom, Jillian ist hier." Kevin rannte durch den Flur in Richtung Haustür. Er hatte sie offensichtlich durch sein Fenster gesehen.

Jessica wusste nicht, was sie denken sollte. Sie war froh, ihre Freundin zu sehen, aber sie brauchte niemanden, der sie heute Morgen zu Entscheidungen überreden wollte. Sich bedrängt, aber dankbar dafür fühlend, jemanden zu haben, der sich wegen ihr Sorgen machte, ging sie an die Tür.

Jillian strahlte übers ganze Gesicht, während sie an der Tür mit Kevin sprach und versuchte, optimistisch auf den Jungen zu wirken, wenn man bedachte, dass Levi ihr erzählt hatte, wie aufgewühlt er gestern Abend gewesen war. Sie hatte sich auf den Weg gemacht, sobald sie das Telefonat mit Levi – der selbst schrecklich klang – beendet hatte.

Jillian war froh, dass Ryan morgen die Schicht mit ihm haben würde. Ihr Bruder war verliebt – daran gab es keine Zweifel – und er brauchte gerade Unterstützung.

Jillian glaubte, dass sich auch Jessica verliebt hatte, aber sie wusste nicht, was sie am besten tun könnte, außer für ihre Freundin da zu sein und ihr ebenfalls Unterstützung zu geben. Vielleicht würde ihr die Ablenkung, bei den Plänen zum Valentinstag zu helfen, guttun und sie hätte etwas, worauf sie sich konzentrieren konnte. Ja, vielleicht war es hinterlistig, aber Jillian hatte das Bauchgefühl, dass es das war, was sie brauchte.

„Kevin hat mir von gestern Abend erzählt. Dass der Jugendliche überlebt hat."

„Und Levi war ein Held", fügte Kevin hinzu.

Jessica runzelte die Stirn. „Wir sind so unfassbar froh, dass der Junge gerettet wurde. Ich hoffe, er erholt sich heute gut."

„Tut er. Levi war heute Morgen bei ihm und hat nach ihm geschaut. Ihm geht es so gut, dass sie ihn heute Vormittag entlassen werden."

Schatten wanderten über Jessicas Gesicht. „Gut. Das ist toll."

„Kann ich reinkommen?", fragte Jillian.

Jessica blinzelte und sah durcheinander aus. „Ja, klar. Tut mir leid. Ich war gerade dabei, Kaffee zu machen. Kevin, willst du mit Roscoe im Garten spielen gehen?"

„Ja." Er rannte in Richtung Hintertür, wobei der große Hund hinter ihm hersprang.

Jillian lachte. „Das sind schon zwei, nicht wahr?"

„Sie gleichen sich wie ein Ei dem anderen."

Jessica ging voran in die kleine Küche, von der aus man den Garten überblicken konnte.

„Setz dich." Jessica deutete auf einen der beiden Barhocker an dem kleinen Tresen.

Jillian setzte sich hin und schaute zu, wie Jessica den Kaffee fertig kochte. „Also im Ernst, wie geht es dir?"

„Ich bin…" Jessica lehnte sich gegen die Küchenplatte und seufzte. „Ich bin ein Wrack. Das hat mir gestern Abend solch einen Schrecken eingejagt. Ich weiß, dass ich Levi verletze, aber ich kann nicht anders. Ich muss tun, was für mich und Kevin das Richtige ist."

„Du meinst also, du bist noch nicht bereit, dich zu verlieben. Das verstehe ich. Ich mache mir nur Sorgen um dich. Levi sagte, dass du gestern Abend wirklich aufgewühlt warst, dass das beinahe Ertrinken dich wirklich daran erinnert hat, als du Adam verloren hast. Und bitte, sei nicht sauer auf ihn, weil er mich angerufen hat. Er hat das aus Sorge und Anteilnahme gemacht. Er sagte, es wäre besser für dich, wenn er nicht hierher käme, daher hat er mich stattdessen geschickt."

Jillian versuchte, die Emotionen, die Jessicas Gesicht umspielten, abzuschätzen, aber es war ein so emotionales und tiefgreifendes Thema, dass es schwer war, zu sagen, ob es sie aufregte, über Levi zu sprechen, oder ob all die Probleme in ihrem Gesicht von den Erinnerungen an den Unfall ihres Mannes kamen.

„In mir herrscht emotional einfach Chaos. Ich kann dem Verlust von jemandem nicht noch einmal entgegentreten. Das nimmt einem zu viel. Jillian, als ich Adam verlor, wurde mir mein Herz herausgerissen. Die Leute haben mich gefragt, wie ich das durchgestanden und mich so gut gehalten habe. Die Leute sagen, sie waren beeindruckt von der Art und Weise, wie ich Adams Verlust überstanden habe. Aber die Sache ist die, dass ich ein Kind hatte. Ich habe es überstanden, weil er meine Stärke brauchte. Ich habe es überstanden, weil ich Adams Stärke in mir gespürt habe. Ich habe es überstanden, weil ich keine andere Wahl hatte. Aber jetzt habe ich eine Wahl und die wird nicht sein, mir erneut mein Herz brechen zu lassen.

Gestern Abend hat mich daran erinnert, wo ich nicht wieder hin will."

Jillian fühlte mit ihr. Sie kannte den Schmerz im Herzen, den Jessica empfand. Sie erinnerte sich an den Tag, als der Arzt ihr gesagt hatte, dass für sie fast keine Chance bestand, schwanger zu werden. Erinnerte sich an die Trauer, die sie an diesem Tag mit der Aussicht darauf, kein kostbares Kind austragen zu können, zerschmettert hatte. Ihr Traum. Aber dennoch war, was sie fühlte, nicht dasselbe, denn Jillian hatte die Hoffnung, zu heiraten und die Chance, ihr eigenes Kind auszutragen, falls sie schnell heiraten würde. Sie hatte eine Wahl. Jessica konnte nicht erkennen, dass auch sie eine Wahl hatte. Die Wahl eines erfüllten und glücklichen Lebens, das vor ihr lag. Wenn sie sich der Zukunft zuwenden und nicht nur zurück auf das, was hinter ihr lag, schauen könnte. Vielleicht war es zu früh.

„Ich verstehe die Angst, die du deswegen wahrscheinlich empfindest. Wenn ich in deiner Haut stecken würde, würde ich wahrscheinlich dasselbe tun."

Jessica füllte zwei Kaffeetassen und stellte sie auf den Tresen. Sahne und Zucker standen bereits dort. Sie setzte sich neben Jillian.

„Hast du keine Angst, Ryan wegen seines Jobs zu verlieren?"

„Ich habe ein paar Sorgen. Ich meine, sie sind Polizeibeamte und haben einen Eid geleistet, zu beschützen und zu dienen. Aber Ryans vorheriger Job war wirklich gefährlich. Ich meine, er hat undercover als Polizist im Drogenhandel gearbeitet. Und die Wahrheit ist, dass ich ihn liebe und mir nicht vorstellen kann, ihn nicht zu heiraten." Sie nahm einen Schluck von ihrem Kaffee, während ihre Gedanken umherschwirrten.

„Was, wenn du ihn verlierst?"

„Ich hätte ihn lieber geliebt und wäre nur kurze Zeit mit ihm zusammen gewesen, als ihn zu verlieren und nie seine Frau gewesen zu sein. Schau mal, ich habe Ryan mein ganzes Leben lang geliebt. Zumindest erscheint es wie mein ganzes Leben. Ich kann nicht anders, als seine Frau zu werden. Ganz egal, wie hoch das Risiko wäre. Und ich habe das Gefühl, dass du so für Adam empfunden hast."

Jessica nickte und schaute weg. „So habe ich empfunden. Empfinde ich. Wenn ich gewusst hätte, wie es enden würde, hätte ich ihn trotzdem geheiratet."

„Das dachte ich mir. Ich wünsche all meinen Brüdern diese Art von Liebe. Kennenzulernen, was meine Schwestern und ich mit unseren Ehemännern gefunden haben." Jillian legte ihre Hand auf Jessicas Arm und drückte ihn. „Ich will, dass Levi das empfindet, dass er weiß, wie sich diese Art tiefer, unbestreitbarer Liebe anfühlt. Daher respektiere ich deinen Rückzug. Wenn du denkst, dass du so etwas nicht für ihn empfinden wirst, wird es für ihn jetzt leichter sein als später, darüber hinweg zu kommen. Denn ich kann dir sagen, dass sich Levi in dich verliebt hat. Er mag es dir noch nicht gesagt haben, aber ich weiß es."

„Er hat es mir gesagt." Jessicas Stimme war brüchig. „Und du hast Recht. Er verdient mehr als ich ihm geben kann."

Jillian lächelte traurig. „Vielleicht hast du Recht. Das weißt nur du. Also wirst du wieder in Ordnung kommen?“

Jessica nickte. „Falls Kevin mich am Ende nicht deswegen hasst. Heute Morgen ging es ihm gut. Überraschenderweise. Aber er glaubt noch immer, dass Levi sein Daddy sein wird. Und ich musste deutlich zu ihm sein und ihm sagen, dass das nicht passieren wird. Daher wird es hier ein paar Tage angespannt sein. Wir werden es aber überleben. Mal wieder.“

Jillian stand auf und umarmte ihre Freundin. „Alles wird gut werden. Ich muss zugeben“, sagte sie und ließ Jessica los, „Kevin hat sich in dem Moment, als er Levi am Tag, als wir ihn mit in die Polizeiwache genommen haben, am Tisch sitzen gesehen hat, voll auf Levi eingeschossen. Das war mir sofort aufgefallen. Vielleicht hätte ich ihn nicht für den Mitbringtag vorschlagen sollen.“

„Nein, es war nicht dein Fehler. Die Chemie zwischen ihnen hat gepasst. Ich hätte nicht weiterhin Zeit mit Levi verbringen sollen.“

Jillian atmete tief durch. „Wer weiß, was das Beste gewesen wäre. So oder so hast du jetzt einen Plan und wirst damit weitermachen und Levi wird deine

Entscheidung respektieren, denn so ein Mann ist er."

Jessica nickte. „Stimmt. Er respektiert die Grenzen."

Aber Jillian hörte keinerlei Freude in der Aussage ihrer Freundin. „Okay, hör mal, ich muss dir erzählen, was im Resort los ist. Und das wird dich ablenken. Wir veranstalten eine Junggesellenauktion zum Valentinstag nächsten Freitag im Resort. Es ist perfekt, da der 14. am Samstag ist – es dürften viele Besucher kommen, wenn die Dates für Samstagabend geplant sind. Es ist ein bisschen kurzfristig, gebe ich zu, aber wir haben auf den letzten Drücker entschieden, das zu machen. Ich war Feuer und Flamme und habe meine Brüder, einschließlich Levi, mit einem Anflug von Schuldgefühlen überredet, Teil der Auktion zu sein."

„Eine Junggesellenauktion?"

Jillian nickte und versuchte, sich nicht schuldig zu fühlen. „Ja. Ist das nicht aufregend? Das Geld wird an eine Wohltätigkeitsorganisation gehen und die öffentliche Aufmerksamkeit deswegen wird gut für das Profil des Resorts als Veranstaltungsort für Hochzeiten und romantische Auszeiten sein. Ich frage mich, ob du, da du nicht daran interessiert sein wirst, für jemanden zu bieten, uns an dem Abend helfen könntest? Wir werden jede Menge Hilfe brauchen. Und es dürfte lustig werden. Aber ich würde verstehen, wenn du nein sagst." Jillian ratterte ihre Ausführung schnell herunter. „Wir freuen uns wirklich sehr darauf. Hilfst du uns?"

Sie hielt den Atem an und wartete darauf, was Jessica sagen würde.

„Okay, schätze ich", sagte sie nach kurzem Zögern.

„Großartig", rief Jillian aus und fühlte sich in dem Moment sehr, sehr schmierig. Das war wahrscheinlich der hinterhältigste Trick, den sie je gemacht hatte. Aber ihrer Meinung nach musste das gemacht werden. Und nur die Zeit würde zeigen, ob es richtig oder falsch war.

KAPITEL SECHZEHN

Levi hatte es geschafft, Jessica vier Tage lang fern zu bleiben. Vier nicht endende Tage. Bis Freitag wäre er dabei, durchzudrehen, ganz abgesehen von der Tatsache, dass gerade Freitag die Valentinsauktion war. Schon allein der Gedanke bereitete ihm Magenschmerzen.

Vor allem als er heute Morgen ins Büro gekommen war und zwei Rührkuchen und einen Schokoladenkuchen auf seinem Tisch gefunden hatte.

Und Betty Lou hatte mit verschränkten Armen und einem Grinsen im Gesicht, das so breit war wie der

Grand Canyon, gegen den Türrahmen der Zentrale gelehnt gestanden.

„Morgen, Chef. Sieht so aus als würden Sie in den nächsten Tagen gut was zu essen haben. Ich werde ihren Bauchumfang beobachten. Sie wollen doch keinen kleinen Bauchansatz zeigen, wenn Sie am Freitag auf diesen Laufsteg gehen. Sie sollten schlank aussehen und vielleicht Ihre Bauchmuskeln zeigen, wenn Sie vorhaben, ein Top-Gebot für sich zu erhalten. Sie wissen schon, für den guten Zweck und so.“

„Sie sollten als Stand-up-Comedian auftreten, Betty Lou“, grummelte er. „Woher kommen die?“

Sie johlte vor Lachen. „Heute Morgen sind drei verschiedene Frauen gegen halb acht hier hereingekommen und haben sie abgegeben. Sie haben alle versucht, als erste hier zu sein und hofften, Sie wären im Dienst, daher sind sie gekommen, bevor sie ihre Kinder in die Schule gebracht haben. Ich dachte, hier bricht ein Zickenkrieg aus, als sie sich im Eingangsbereich getroffen haben. Du lieber Himmel, sie fanden es nicht gut, einander zu sehen. Von diesen Wänden spritze Östrogen, kann ich Ihnen sagen. Da sind Sie gerade nochmal davon gekommen.“

Das war lächerlich. „Das nimmt überhand.“

„Was nimmt überhand?“ Max kam zur Tür herein. „Ich habe gehört, ich habe ein wenig Aufregung verpasst, während ich nicht in der Stadt war.“

„Du bist zurück – das freut mich, Bruder.“ Levi ging durch den Raum, um seinen Bruder zu umarmen. Er hatte angefangen, sich Sorgen um Max zu machen, weil er länger als üblich weggewesen war. Dennoch zog er nicht einmal in Betracht, zu fragen, was er gemacht hat; er wusste, dass Max darüber kein Wort verlieren konnte.

„Oh, wir freuen uns, dass Sie zuhause sind und Sie haben es rechtzeitig geschafft, um zu sehen, was am Freitag, wie ich vermute, der Zickenkrieg zur Beendigung aller Zickenkriege werden wird.“ Betty Lou umarmte Max und tätschelte seine Brust. „Hm-hm – hart wie Stein. Den Mädels wird das gefallen.“ Sie lächelte. „Ich werde Ihren Bruder all die Kuchen und Torten und das Östrogen erklären lassen.“ Mit einem Grinsen schritt sie zurück in ihr Büro.

Max schaute zu Levi. „Darf ich fragen, was los

ist?"

Levi verzog das Gesicht. „Hast du es noch nicht gehört? Unsere Schwestern haben ihren Verstand verloren. Sie veranstalten diesen Freitag eine Junggesellenauktion zum Valentinstag im Resort und du magst es noch nicht wissen, aber jetzt da du zurück bist, wirst du mit uns anderen Teil der Auktion sein."

Max Blick verengte sich. „Bisher habe ich noch nichts gehört. Ich bin gestern Abend spät zurückgekommen. Aber nach dem, was ich die letzten paar Tage durchgemacht habe? Kuchen und ein Date klingen gerade wirklich, wirklich verlockend. Ich werde unsere Schwestern vermutlich umarmen müssen."

Levi warf ihm einen bösen Blick zu. „Du bist für die Situation nicht hilfreich, man. Du bist bereit, auf irgendein Date mit jemandem zu gehen, nur weil sie den höchsten Preis bezahlt?"

„Ich werde es ertragen."

„Richtig. Wenn Mädels auf dich so losgehen würden, wie auf mich momentan, wärst du womöglich nicht so enthusiastisch. Diese Kuchen sind von einer

Reihe alleinstehender Mütter – oh, vergiss es. Du hast gottverdammtes Glück, dass du außerhalb der Stadt wohnst, wo fast niemand dich finden kann. Ansonsten könntest du bald, einen Haufen Kuchen neben deinem Zaun finden."

Max lachte. „Welche Laus ist dir denn über die Leber gelaufen?"

Ryan kam herein, warf einen Blick auf den Tisch und lachte. „Das ist großartig." Er ging hinüber, um einen besseren Blick auf die Süßspeisen zu bekommen. „Was haben wir hier? Schokolade, Schokolade und Schokolade. Für mich sehen die alle gut aus. Und um deine Frage zu beantworten, Max, Levi ist momentan der begehrteste Junggeselle auf Windswept Bay."

Levi wollte kein Date mit irgendwem anderem als Jessica. „Bedient euch, Jungs. Haut rein. Ich habe ein paar Runden zu machen."

Er schaute nicht einmal zurück, als er aus der Tür ging und Gelächter ihm folgte. Es war das Schlimmste, wenn ein Mann auf Arbeit keinen Frieden finden konnte. Er hatte sich zurückgezogen und war all die Tage auf Abstand zu Jessica geblieben, aber vielleicht war das die falsche Sache. Er hatte eine kleine Hoffnung gehabt, dass sie ihn aufsuchen würde. Den ersten Schritt machen würde. Aber das war nicht passiert. Jillian hatte ihm gesagt, dass sie es in Ordnung bringen würde. Dass sie einfach momentan nicht bereit für eine Beziehung war.

Und deswegen musste er ihr fern bleiben. Aber konnte er das weiter durchhalten?

Jessica hätte nicht gedacht, dass die letzte Klingel des Tages je erklingen würde. Sie war sowas von bereit, nach Hause zu gehen. Sich zu verkriechen und so zu tun, als würde ihr Herz nicht schmerzen. Als es an der Tür leise klopfte, sah sie von ihren Korrekturen auf. Lana las den Kindern in ihrem Bereich des Klassenzimmers eine Geschichte vor. Sie wechselten sich bei der Geschichtenzeit gern ab. Wenn sie sich abwechselten, gab das jedem etwas Zeit, ein bisschen was aufzuholen. Heute hatte Jessica Schwierigkeiten, sich auf die Blätter zu konzentrieren und war erleichtert, eine Ablenkung zu haben, während sie zur

Tür ging. Dawn Lively, der der Blumenladen gehörte, stand mit einer Vase roter Rosen im Flur. Sie lächelte Jessica an.

„Oh, hi Dawn." Es war Valentinswoche und daher hatte sie Dawns Liefermädchen heute einige Male Blumen überbringen sehen und sie würde bis Freitag vermutlich noch häufiger hier sein. Aber es war das erste Mal, dass sie Dawn selbst Blumen überbringen sah.

„Du musst im falschen Raum sein –"

Ein Funkeln erhellte ihre Augen. „Nein, überhaupt nicht. Die sind für dich, Jessica", sagte sie strahlend. „Ich habe Gerüchte gehört, dass es eine Menge Frauen gibt, die sich wünschten, diese Blumen von unserem attraktiven Polizeichef zu bekommen. Frohen Valentinstag. Du Glückliche."

Jessica konnte nichts anderes tun, als die Vase anzunehmen, als sie ihr in die Hände gedrückt wurde. Sie waren wunderschön. Es war sehr lange her, dass sie Rosen erhalten hatte. Schmetterlinge flatterten durch sie hindurch. „Danke, aber –"

Dawn war bereits beim Weggehen. „Viel Spaß",

rief sie über ihre Schulter hinweg. „Oh, ich habe gehört, er ist am Freitagabend bei der Auktion erhältlich. Du wirst bei der Auktion vermutlich mitbieten wollen."

Jessica erschauderte und schaute wieder auf die wunderschönen, tiefroten Rosen. Sie waren perfekt, jede einzelne von ihnen.

„Was ist das, Mom?", rief Kevin.

Sie drehte sich um und sah ihn und die gesamte Klasse zu ihr schauen. Einschließlich Lana.

Ihre Freundin neigte ihren Kopf zur Seite und grinste. „Ja, in der Tat – was ist das?"

In einem Schwall kamen Fragen von den ganzen Kindern. Sie sprangen auf und rannten durch den Raum; sie war umzingelt, während Fragen sprudelten.

Was hatte sich Levi gedacht?

„Sind die von Polizeichef Sinclair?", fragte Lisa misstrauisch. „Meine Mom hat ihm heute Morgen noch einen Kuchen vorbeigebracht. Sie wird ihn bei der Auktion kaufen."

Meg stemmte ihre kleinen Hände in die Hüften und schaute Lisa böse an. „Meine Mom wird ihn am

Freitag bei der Auktion kaufen. Sie hat ihm heute Morgen als Valentinsgeschenk einen Schokoladenkuchen gebracht. Mein Lieblingskuchen. Er wird ihn lieben."

„Meine Mom kocht besser als deine", fauchte Lisa.

„Mädels, nicht streiten", sagte sie und war geschockt von allem, was geschah. „Hört auf damit. Alle auf ihre Plätze."

Lana stand hinter allen und biss sich auf die Lippe, um ein Lachen zu unterdrücken. Jessica warf ihr einen warnenden Blick zu, der ihre Freundin nur dazu brachte, sich eine Hand über den Mund zu halten, um ihr Lachen zu verbergen. Glücklicherweise klingelte in dem Moment die Klingel.

Die nächsten Minuten wurden damit verbracht, die Kinder aus der Tür und zur Bushaltestelle und Abholstelle zu bringen. Zu ihrer Freude hatte Jessica keine Verpflichtungen nach der Schule, da sie ihre schon am Morgen gehabt hatte. Daher eilte sie zurück in ihr Klassenzimmer, wo Kevin auf sie warten würde. Mit den Blumen.

Ihr Sohn hatte die ganze Woche nach Levi gefragt. Schließlich hatte sie aufgegeben und weigerte sich, anzuerkennen, dass er weiterhin darauf bestand, dass Levi sein Daddy sein würde. Das war alles, was sie zu tun wusste. *Und jetzt hatte Levi Blumen geschickt.* Das würde Kevin verwirren.

Widerwillig sickerte beim Anblick der wundervollen Blumen ein freudiges Kribbeln durch sie hindurch. Sie bemühte sich darum, die Gefühle zu ignorieren. *Levi war ihr die ganze Woche fern geblieben, also warum schickte er jetzt Blumen?*

Sie hatte versucht, alles, was sich auf Levi bezog, zu ignorieren, aber ihre Gedanken hatten es ihr schwer gemacht, ihn zu ignorieren. Und da sie zugestimmt hatte, bei der Valentinsauktion zu helfen, war die Anspannung gewachsen.

Warum hatte sie zugestimmt, zu helfen, als Jillian sie gefragt hatte?

Jessica war nicht blöd. Sie wusste, dass Jillian Hintergedanken hatte und dennoch würde sie helfen. Es stand schlecht um sie, als sie den Klassenraum betrat und sah, wie Kevin an ihren Schreibtisch gelehnt die Blumen anstarrte. Er grinste aufgeregt.

„Mama, Levi hat dir Blumen geschickt?", fragte Kevin mit Hoffnung in seinen Augen.

„Ja, er hat mir diese Blumen geschickt und ich weiß nicht genau, warum."

„Weil er dich liebt", witzelte Kevin fröhlich. „Ich habe dir gesagt, dass er dich liebt."

Sie zählte bis zehn. „Levi ist einfach nur nett." Es war dürftig, aber was sollte sie sonst sagen? Sie weigerte sich, ihrem Sohn zu erzählen, dass er Recht hatte. Seine Liebesbekundung überkam sie und sie musste an ihn denken, wie er auf der Terrasse gestanden hatte.

„Er liebt dich, Mama. Und was ist eine Junggesellenauktion?"

Könnte sie sich nur für einen Moment in einer dunklen Ecke verkriechen? „Am Freitagabend veranstalten sie eine lustige Sache für Erwachsene – eine Auktion für Dates am Valentinstag."

Lana kam herein. „Bei einer Auktion versuchen Leute etwas zu kaufen und derjenige, der am meisten bietet, bekommt es." Lana lehnte sich gegen Jessicas

Tisch.

Jessica entschied, ihr später wehzutun.

„Was ist ein Junggeselle?"

Lana grinste. „Ein alleinstehender Mann."

„Wie Levi?"

Lana nickte. Jessica kam nahe zu ihrer sogenannten Freundin und trat sie leicht an den Knöchel. Lana schrie auf und warf ihr einen überraschten Blick zu, worauf Jessica mit den Lippen formte: „Hör auf."

„Lisas Mom und Megs Mom werden also versuchen, Levi zu gewinnen?", fügte Kevin dann sorgenvoll hinzu, „Du musst ihn gewinnen, Mama." Er verschränkte seine Arme. „Er hat dir Rosen geschickt. Das ist wahrscheinlich ein Zeichen, dass du ihm helfen sollst. Lisas Mom ist unheimlich."

Wenn es nicht so ernst gewesen wäre, wäre es lustig gewesen. „Kevin, ich werde nicht für Levi bieten. Und das ist nicht wie eine Hochzeit oder so. Es geht um ein Date."

Kevin schaute sie böse an. „Donald hat mir erzählt, dass seine Mom und sein Dad ein Date hatten und zwei Tage später geheiratet haben. Nur damit du es weißt, Dates führen zum Heiraten."

„Kevin, zu deinem eigenen Besten, du bist zu klug." Sie schaute aus dem Fenster und sah seinen Freund auf der Schaukel spielen, während er auf seine Mom wartete, bis sie in ihrem Klassenraum fertig war. „Schau, Tom wartet bei den Schaukeln. Findest du nicht, du könntest etwas Bewegung gebrauchen?"

Kevin zuckte mit den Schultern. „Okay, aber das ist ernst. Nur damit du es weißt." Er stampfte aus der Tür.

Lanas Lippen müssten mittlerweile bluten, so oft, wie sie sich heute drauf gebissen hatte, um ein Lachen zu unterdrücken. Sie biss sich erneut auf die Lippe, während Kevin mit großen Schritten aus dem Raum ging und ihre Augen vor Lachen erhellt waren, als sie zu Jessica blickte. „Er hat Recht", kicherte sie.

„Das ist nicht witzig, Lana. Mein Kind wird wegen all dem zusammenbrechen. Er lebt in einer Scheinwelt. Und du bist keine Hilfe."

„Jessica, vielleicht bist du diejenige, die in einer Scheinwelt lebt. Du warst die ganze Woche nicht du selbst. Seit Freitag, als all das passiert ist. Als du mir davon erzählt hast – es ist einfach nicht richtig. Ich verstehe, dass es schwer ist. Und ich weiß, ehrlich gesagt, nicht, was ich dir wegen Kevin sagen soll. Er hat diese Vernarrtheit in Levi – natürlich gibt es verschiedene Frauen und deren Kinder, die auch in ihn vernarrt sind. Der arme Mann wird bei der Auktion Hilfe brauchen. Das sollte sehr unterhaltsam werden. Du könntest ihn einfach vor den Geiern retten, wenn nicht aus einem anderen Grund. Verdammt, vielleicht sollte ich das tun, wenn du es nicht machst."

„Du gehst dahin?", fragte Jessica.

Lanas Augen weiteten sich. „Machst du Witze? Das würde ich mir nicht entgehen lassen. Sie nehmen eine Eintrittsgebühr und das aus gutem Grund – das Resort wird überfüllt sein. Fast alle Lehrer gehen hin. Und unter uns gesagt, es werden einige Lehrerinnen da sein, die für einen der Sinclair Brüder bieten. Diese Kerle sind heiß."

„Geben sie Gebote für Levi ab?" Jessicas Magen verkrampfte sich.

Lana zuckte mit den Schultern. „Ich weiß es nicht.

Nicht, dass das für dich relevant wäre."

Jessica beobachtete ihre Freundin durch den Raum zu ihrem Tisch gehen, sich hinsetzen und ihren Papierkram hervorholen. Sie hatte ein durchtriebenes Grinsen auf dem Gesicht.

„Das ist nicht lustig, Lana."

„Ein wenig", entgegnete sie. „Und komm am Freitagabend, es könnte ein echter Knaller von einer Show werden."

Am Freitagabend kam Levi nur widerwillig fünfzehn Minuten vor um sechs im Resort an, genau wie seine Schwestern ihn angewiesen hatten. Seine Brüder hingen zusammen mit einer Handvoll anderer Junggesellen, die dieser Lächerlichkeit zugestimmt hatten, im Barbereich am Pool des Resorts ab.

Zu seiner Überraschung sahen sie alle entspannt aus, standen herum, redeten und lachten und interagierten mit den Frauen, die allmählich auftauchten. Wie Max gesagt hatte, waren sie einfach nur hier, um eine gute Zeit zu haben.

„Gute Zeit, von wegen", grummelte Levi, während er einen Platz an der Seite des Poolhauses, neben der Wandmalerei, die Calis Ehemann Grant gemalt hatte, einnahm.

Gegen die Malerei eines verspielten Seehundes lehnend fühlte er sich überhaupt nicht verspielt. *Nope.* Mit verschränkten Armen hielt er nach Jessica Ausschau. Er entdeckte sie, wie sie Jillian half, an dem Tisch, wo sich die Frauen offensichtlich anmeldeten, um das Privileg zu haben, für die Junggesellen zu bieten, Namen aufzuschreiben. Es erinnerte ihn an die Situation, als er Jaco adoptiert hatte. Und er wusste, wie sich der Welpe an dem Tag in diesem Käfig gefühlt haben muss.

Er widerstand dem Verlangen, hinüber zu gehen, um mit ihr zu reden, und blieb sicher versteckt in seiner Beobachterposition.

Die Kuchen waren weiterhin bei ihm im Büro angekommen. Etwa zehn von ihnen standen bei der Kaffeemaschine, aber er hatte nicht ein Stück einer der Süßspeisen gegessen. Und hatte es auch nicht vor. Er sah einige Frauen, die ihren Kuchen vorbeigebracht hatten, und kämpfte gegen den Drang an, sich dem hier zu entziehen und nach Hause zu fahren. Plötzlich schaute Jessica auf und ihr Blick fand ihn.

Selbst aus der Entfernung sah er, wie sie nach Atem rang. Sein Herz explodierte vor Liebe.

Zeit. Er musste ihr einfach Zeit geben. Und darauf vorbereitet sein, dass sie erneut davonlief.

Zu seiner Überraschung verließ sie den Tisch und kam in seine Richtung. Sein Herz fühlte sich an, als würde es ihm aus der Brust springen. Er hatte sie vermisst.

„Hi", sagte sie fast schüchtern. „Sie haben mir gesagt, dass du hier sein würdest. Sieht so aus als würden eine Menge Leute für dich bieten. Das wird gut für die Wohltätigkeitsorganisation sein."

„Stimmt. Wie geht es dir?" Im Moment war ihm die Wohltätigkeitsorganisation völlig egal.

„Okay. Ich komm klar. Danke für die Blumen. Ich wünschte, du hättest sie nicht geschickt."

„Ich habe mir die ganze Woche Sorgen um dich gemacht", sagte er. „Aber ich bin auf Abstand geblieben, wie du wolltest. Nicht wie ich wollte."

Sie schaute weg und dann wieder zurück. „Vielleicht lernst du heute Abend jemanden kennen. Mir geht es gut. Es ist am besten so."

„Jessica, ich habe keinerlei Eile. Ich liebe dich. Von ganzem Herzen", fügte er hinzu. „Ich werde heute Abend niemanden kennenlernen. Ich bin nur wegen meiner Schwestern hier. Ich weiß, dass du noch nicht bereit bist, zu hören, dass ich dich liebe, aber ich tue es. Das ist aber auch kein Wettrennen. Liebe ist geduldig. Ich werde nirgendwohin gehen."

Sie schaute nach unten und er wollte sie so verzweifelt in seine Arme ziehen, dass es wehtat. Stattdessen nahm er eine Strähne ihres Haares von ihrer Schulter und spürte die weichen Haare zwischen seinen Fingern. Er musste sie einfach in irgendeiner Weise berühren.

„Du kannst nicht auf mich warten. Ich versuche, dir zu sagen, dass ich das, was ich durchgemacht habe, nicht noch einmal überstehen kann. Jeder hat mir erzählt, dass ich Adams Tod so gut verkraftet habe. Aber sie wussten nicht, dass im Inneren meines

Herzens ein Trümmerfeld lag. Ich kann das nicht noch einmal."

Levi starrte sie an und begann schließlich, zu begreifen. „Ich werde dein Herz nie gewinnen, nicht wahr? Ich hatte gegen Adam nie eine Chance." Er stand in Konkurrenz mit dem toten Mann und der würde immer bei Jessica sein. Adam war ein Held, ein großartiger Mann, ein großartiger Vater und er war ein großartiger Ehemann gewesen. „Ich weiß nicht, wie ich dagegen bestehen soll – gegen einen perfekten, toten Mann. Und ich hasse es, das überhaupt zu sagen, weil es schrecklich klingt. Aber ich muss dir sagen, Jessica, dass ich zuvor noch niemals auf jemanden eifersüchtig war, aber ich bin eifersüchtig auf Adam. Wenn er dich geliebt hat, wie du ihn liebst, hätte er nicht gewollt, dass dein warmes, lebendiges Herz in diesem Sarg mit dieser Leiche liegt."

Ihr Mund stand offen. „Ich muss zurück und helfen", sagte sie mit wackeliger Stimme. Und dann drehte sie sich um und ging weg.

Und er ließ sie.

„*Wow.*" Jake trat von der Seite des Gebäudes hervor. „Das war intensiv. Geht es dir gut, Bruder?"

„Nein, aber das ist egal." Levi sah die Sorge in Jakes Augen. Jake spielte den Starken, hatte Spaß am Leben und kostete es voll aus. Er war noch nicht bereit, sich zu binden und von all seinen Brüdern, dachte Levi, würde er der letzte sein, der sich festlegte. Jake legte ihm eine Hand auf die Schulter und drückte sie.

„Du hast dir ein schweres Problem ausgesucht. Sie sieht nicht aus, als würde sie demnächst vorbeikommen. Willst du unsere Schwestern sitzen lassen? Ich sag ihnen Bescheid, wenn du willst."

Levi runzelte die Stirn. Er wollte sie sitzen lassen, aber er hatte es all seinen Schwestern versprochen. Jillian, Cali, Shar und Olivia erwarteten von ihm, dass er bei ihrem Trauerspiel mitmachte. Und er war ein Mann, der zu seinem Wort stand – auch wenn er hiermit an seine Grenzen kam.

„Ich habe ihnen versprochen, dass ich bei der Sache dabei bin, und das werde ich. Wohl oder übel."

Aber niemals wieder.

Jakes Miene wurde skeptisch. „Ich muss dir sagen, dass ich nicht sicher bin, ob du ihnen mit dem mürrischen Gesichtsausdruck einen Gefallen tust. Deine Verehrerinnen werden womöglich nicht einmal für dich bieten, wenn du aussiehst wie ein wütender Pitbull."

Levi grummelte: „Das wäre für mich der beste Ausgang des Abends."

„Ich freue mich auf mein Date. Bin mir nicht sicher, wer mich gewinnen wird, aber ich wette, ich werde mehr rausholen als ihr Jungs", stichelte er. „Vor allem, wenn du diese Miene mit dir rumträgst – aber ich verstehe dich. Du hast Probleme." Jake wurde ruhig. „Wirklich, hart, wirst du klarkommen?"

„Ich werde es überleben, also mach dir keinen Kopf und hab eine gute Zeit."

„Werde ich." Er gab seiner Schulter einen Klaps, bevor er auf die Menge zuging. Er wurde von einer großen Blondine zur Seite geschoben, bevor er allzu weit kam. Und Levi sah einige andere Frauen auf ihn zugehen. Levi mochte das hier nicht gefallen, aber Jillian hatte eine gute Idee zur Bewerbung des Resorts gehabt. Er sah einen Kameramann auftauchen und stöhnte.

Worauf hatte er sich eingelassen? Er wünschte sich, er könnte sagen, zur Hölle mit dieser Integrität, zusammenpacken und nach Hause fahren.

KAPITEL SIEBZEHN

Jessica war ein nervliches Wrack, als die Auktion begann. Sie hatten ein Podest neben dem Pool aufgebaut, auf dem jeder der unverheirateten Männer bei Auktionsbeginn stehen würde. Sie musste mit ihrer Liste an Junggesellen dasitzen und wusste, dass Levi Nummer fünf von zwölf sein würde.

Die Auktion war eine Familiensache. Cali und Grant würden zusammen mit Shar und Gage die Menge überblicken und Gebote notieren. Olivia und BJ würden als Sprecher auf dem Podest stehen, wobei BJ die eigentliche Auktion leitete. Jillian und Ryan koordinierten das Ganze, während Ryan auch bereit war, die Kontrolle zu übernehmen, falls es Probleme geben würde. Sie hatte ihn mit Levis Brüdern scherzen hören, dass die Menge unruhig werden könnte, wenn Levi an der Reihe war und all die Erstklässler-Mütter zum Kampf herauskamen.

Es mag ein Scherz gewesen sein, aber die Vorstellung nagte ein Loch in ihren Magen.

Jede Menge Frauen hatten sie gefragt, ob es stimmte, dass man für Levi bieten konnte. Sie hatten die Gerüchte gehört, dass sie und Levi heiraten würden und sie hatte die Dinge öfter klarstellen müssen, als es ihr lieb gewesen war.

Und jetzt hatten sie auch noch eine Nachrichtenberichterstattung vor Ort. Die Kameracrew trieb sich herum und Jessica war sich nicht sicher, was sie von all dem halten sollte.

Sie hätte zuhause bleiben sollen.

Bevor der Abend zu Ende war, würde sie ein Magengeschwür bekommen.

Ein paar der Mütter ihrer Schüler waren mit ihren

Bieternummern bereit – die Jessica ihnen geben und dann auf ihre Anzeigeschildchen in Form eines Papierherzen schreiben musste.

Lisas Mutter, Trisha, sah umwerfend aus… oder wie ein Victoria's Secret Model. Sie war sich nicht sicher, warum die Frau nicht verheiratet war. Falls sie es wirklich sein wollte, hatte sie definitiv alle Merkmale, um Aufmerksamkeit auf sich zu ziehen. Andererseits hatte Jessica im Klassenzimmer mit ihr zu tun gehabt und wusste, dass sie im Umgang ziemlich schwierig war. Vielleicht war das das Problem.

Oder vielleicht war Trisha ungerecht behandelt worden – wer war Jessica, um das zu beurteilen?

Sie beobachtete Trisha, wie sie Levi ausfindig machte und zu ihm ging, um mit ihm zu reden.

Levi rutschte sofort, während er sprach, Stück für Stück zu seinen Brüdern, als wollte er nicht mit Trisha allein sein.

Seine Bewegung wurde blockiert, als andere Frauen – ein paar Mütter aus ihrer Klasse und andere Frauen, die sie nicht kannte – auf ihn zukamen. Es war offensichtlich, dass die Frauen von Windswept Bay Gefallen an ihrem Polizeichef fanden.

Andererseits verstand Jessica nur allzu gut, warum. Und es gefiel Jessica nicht besonders gut, sich vorzustellen, wie eine von ihnen Zeit mit ihm verbrachte.

„Die Falten auf deiner Stirn werden noch dauerhaft da bleiben." Jillian kam zu ihrem Tisch.

Jessica runzelte noch mehr die Stirn. „Ich bin wirklich nicht in Stimmung, um geärgert zu werden."

„Verstehe. Erinnere dich daran, dass es nur ein Date ist – keine Sorge", sagte Jillian.

Jessica hörte Kevin sagen, dass Dates zum Heiraten führen. Nachdem, was sein Spielkamerad ihm über seine Eltern erzählt hatte, ist er jetzt der Experte. „Er kann auf Dates gehen, mit wem auch immer er will."

Jillian lächelte. „Nun denn, ich werde lieber mal helfen gehen. Es geht gleich los. Bist du bereit, die Gebote aufzuschreiben?"

Jessica nahm ihren Stift. „Bereit."

Und so begann es… ob sie nun bereit war oder nicht.

Olivia trat als Moderatorin ans Mikrophon. Levi war erzählt worden, dass sie wollten, dass Jillian das machte, da es ihre Idee gewesen war, aber sie war nicht genug aus ihrem Schneckenhaus gekommen, um vor eine Menschenmenge zu treten. Daher hatte Olivia sich bereiterklärt und stand BJ als Auktionator zur Seite.

„Herzlich willkommen zur ersten, aber dank Ihrer Hilfe hoffentlich nicht letzten Junggesellenauktion zum Valentinstag hier im Windswept Bay Resort. Wir werden einen sehr unterhaltsamen Abend haben –"

Ein paar flüsterten und viele Frauen lachten und hatten Spaß, während sie gespannt auf die zwölf Männer warteten, bis sie auf dem Auktionspodest dran waren.

„Jetzt behalten Sie im Hinterkopf, meine Damen, dass es um Verabredungen zum Abendessen geht. Wir versteigern nichts als Tanzen und Abendessen. Denken Sie daran, dass die Hälfte der Männer im Programm meine Brüder sind, also kein Gefummel." Olivia warf ihren Brüdern ein Lächeln zu, aber Levi fiel es schwer, das lustig zu finden.

„Komm schon, man." Trent lehnte sich herüber, sodass nur Levi ihn hören konnte. „Mach beim Programm mit. Du sollst dich nicht dem Erschießungskommando stellen. Da ist eine Reihe von Frauen, die für ein Abendessen mit dir bezahlen wollen."

Levi konzentrierte sich auf Trent, während Olivia weitersprach. „Du und Jake ihr genießt es genug für mich und alle anderen zusammen."

Trent grinste. „Jake hat gesagt, dass du ein hoffnungsloser Fall wärst, und das glaube ich auch. Geh nach Hause, Kumpel. Das ist es nicht wert. Das ist ein spaßiger Abend für einen guten Zweck. Wenn dein Herz irgendwo anders ist, dann steig einfach aus. Unsere Schwestern werden das verstehen."

Levi war versucht, aber im Hinterkopf hatte er eine kleine Hoffnung, dass Jessica womöglich beschloss, für ihn ein Gebot abzugeben. „Ich habe es versprochen. Und wie du sagtest, ist es nur ein

Abendessen.“

„Als erster hier oben, mein Bruder Trent.“

Trent grinste ihn und die anderen Jungs an. „Ich muss los, Leute. Schaut euch die Gebote an und weint.“

„Du wirst weinen, wenn ich an der Reihe bin“, sagte Jake und die Menge lachte.

„Ich geben euch 100 für ein Abendessen mit diesem Adonis“, rief Francine Degan, eine Urgroßmutter in ihren Achtziger mit einem großartigen Sinn für Humor.

Levi und die anderen Junggesellen lachten, als Trents Stolz einen sichtbaren Schlag abbekam.

„Ich erhöhe auf 125“, rief Patsy Post, Francines Freundin, und zuckte mit ihren Augenbrauen.

BJ grinste. „Gut, wir haben unsere Eröffnungsangebote und sie legen ein ordentliches Tempo für die Wohltätigkeitsspenden vor. Von wem höre ich 135?“

Levi musste zugeben, dass es so aussah, als könnte es unterhaltsam werden… zu dem Preis, den anderen dabei zuzusehen, wie einer nach dem anderen ausgewählt wurde. Er hoffte schon fast, dass Patsy oder Francine den Zuschlag für ihn bekommen würden, wenn er an der Reihe war, aber Trisha Mosley hatte ein Auge auf ihn geworfen. Er hatte eine schlechte Vorahnung, dass sie mit einem Blankoscheck ankommen würde.

„Wie läuft es?" Lana rutschte auf den Stuhl neben Jessica. „Tut mir leid, ich bin spät dran. Ich wurde aufgehalten. Habe ich irgendetwas verpasst?"

Jessica warf ihr einen flüchtigen Blick zu. „Trent, John und Alex wurden verkauft. Die beiden Urgroßmütter in der ersten Reihe treiben jedes Gebot nach oben, sodass es für die Wohltätigkeitsorganisation gut aussieht." Sie drehte die Nummern, sodass Lana sie sehen konnte.

„Oh Mann, damit scheide ich aus. Ich würde mitbieten, aber mein Lehrergehalt gibt es nicht her, 300 bis 500 Dollar für ein Date zu verprassen. Scheibenkleister! Den Frauen ist es ernst."

Jessicas Magen zog sich zusammen. „Ja und nun

sieh dir Trisha an. Ihre Augen kleben auf Levi. Und schau dir das Kleid an. Ihr Dekolleté geht ihr fast bis zum Bauchnabel."

„Ich dachte, du wärst nicht mehr interessiert?", sagte Lana langgezogen.

BJ rief Jake auf, der direkt vor Levi dran war.

„Na ja, schau sie dir an. Sie wird –" Sie musste zu reden aufhören, als die Gebote für Jake schnell und wild ausbrachen. Der gutaussehende Kerl hatte einen tollen Humor und übertrieb es ein wenig, als er auf die Plattform trat. Er spannte seine Muskeln an wie ein Bodybuilder und schaute sich mit einer Versuchs-doch-mal-Attitüde um. Es war mehr als offensichtlich, dass Jake Sinclair auf Frauen stand und hier war, um Spaß zu haben. Und Francine begann mit einem Gebot von 500 Dollar, was Patsy schnell auf 550 erhöhte.

„Ihr jungen Dinger müsst euch zurückhalten und mir diesen heißen Feger überlassen", warnte Patsy grinsend, während sie sich umsah.

Die zwei älteren Damen hatten jede Menge Spaß damit, die Gebote in die Höhe zu treiben. Doch sofort hob eine große, schlanke, sehr definierte Frau mit toller Figur ihre Bieternummer.

„600", rief sie. Dann gab es einen Hagel an Geboten mit 10, dann 20 Dollar Schritten Erhöhung und schließlich beendete sie die Auktion und erhielt für 700 Dollar den Zuschlag.

„Das ist verrückt", grummelte Lana. „Ich brauche offensichtlich einen anderen Job."

„Ich auch." Jessica schrieb das Gewinnergebot auf. Ihre Nerven waren jetzt hinüber. Sie schaute zu Levi. Er blickte in ihre Richtung; seine Kiefer waren angespannt und auch wenn er auf Kosten der anderen Jungs ein paar Mal gelacht hatte, wusste sie, dass jeder hier, der aufmerksam war, wusste, dass die Frau in dem engen, schwarzen Kleid, bei dem alles zu sehen war, ein Auge auf ihn geworfen hatte. Und sie hatte für keinen anderen ein Gebot abgegeben.

Jessica sagte sich, dass er ein großer Junge war und damit umgehen konnte. Sagte sich, dass sie nicht riskieren könne, erneut jemanden zu verlieren.

„Du wirst den Stift zerbrechen, wenn du ihn noch fester drückst", stellte Lana fest. „Trisha wird ihr

Abendessen und eine Kinoverabredung bekommen. Schau dir die Entschlossenheit in ihrem eisernen Blick an. Du lieber Himmel, sie ist wie ein Aasgeier, bereit, ihn lebendig zu verspeisen."

Jessica warf ihrer Freundin einen finsteren Blick zu. „Du bist keine Hilfe."

„Hey, ich sage nur, was ich sehe."

BJ sagte: „Okay, Ladys – und jetzt für unseren Polizeichef, Levi Sinclair. Irgendwelche Interessentinnen für unseren Hüter des Gesetzes hier auf Windswept Bay?"

Patsy kam Francine mit einem Gebot von 550 zuvor. Francine schlug mit 600 zurück und eine paar Frauen entgegneten 650 und dann 675.

Trisha wartete ruhig. „800 Dollar", sagte sie und ihre Stimme war dick wie Sirup.

„Ach du heiliger Bimbam", sagte Lana mit ihrem texanischen Näseln, das durch die Luft drang.

Jessicas Magen verkrampfte sich, als hätte sie grauenhaftes Sodbrennen. Und sie ließ ihren Stift fallen. *800 Dollar.* Auf Jessicas Stirn bildete sich

Schweiß und ihr Mund wurde komplett trocken.

Trisha war dabei, Levi zu bekommen.

Levi stöhnte und fühlte sich wie rohes Fleisch, was dabei war, von einem Löwen gefressen zu werden. Trisha hatte einen raubtierhaften Blick auf ihn geworfen und er wusste, dass er verloren war. *Er war ein Mann*, sagte er sich, *der Polizeichef und er konnte sich benehmen.* Das war eine Wohltätigkeitssache, aber er hatte kein Verlangen, mit der Frau, die offenkundig eine Art übermäßige Vernarrtheit an ihm hatte, etwas anzufangen.

Plötzlich sprang eine andere Frau auf und rief 825.

„895", rief eine kleine Blonde, von der er wusste, dass sie einen Kuchen vorbeigebracht hatte.

Trisha schaute sie böse an. „900."

Eine Rothaarige beteiligte sich: „950."

950 Dollar für ein Date mit ihm? Haben die ihren Verstand verloren? Er versuchte, nicht zu Jessica zu schauen, aber konnte nicht anders. Ihre Augen waren weit und ihr Kiefer angespannt, während sie zu ihm und dann zurück zu den Frauen starrte. Sie schrieb keine Zahlen auf, wie sie es bei den anderen Auktionen getan hatte. Er fühlte mit ihr mit, als er sah, wie sie blass wurde, und hörte Trisha 1000 Dollar sagen.

„1000 Dollar", keuchte Jessica.

Er starrte zu Trisha und sie lächelte ihn an.

„Ich will dieses Date. Und er ist jeden Cent wert", sagte sie selbstgefällig.

BJ wartete einen Moment. „Wir haben ein Gebot von 1000 Dollar. Wer gibt mir 1025?"

Niemand sagte etwas.

„Zum ersten. Zum zw –"

„2000!", rief Jessica, sprang auf und winkte mit dem Klemmbrett.

Levis Herz hämmerte. Er wusste, dass sie mit dem Gehalt einer Lehrerin das Geld nicht hatte. „Was tust du?", grummelte er und blinzelte sie an. Er will kein Date mit irgendwem anderem außer ihr, aber das war mehr als lächerlich.

„Ich ersteigere dich." Sie warf einen herausfordernden Blick zu Trisha. „Ich werde dieses Date bekommen."

„Lass das, ich bin raus. Ein Date mit mir ist nicht so viel Geld wert."

„2500", sagte Trisha und schaute zu ihm. „Du kannst nicht einfach aussteigen."

„3000", knurrte Jessica. Man hätte eine Stecknadel fallen hören können. Jessica sah zurück zu Levi. „Und ich suche nicht nach einem Date. Ich suche nach einem Leben."

„Was?" Levi trat einen Schritt in Richtung Podestkante. Freude und Ungläubigkeit erschütterten ihn.

„Und das ist wert, was immer ich zahlen muss." Sie ließ das Klemmbrett auf den Tisch sinken und ging einen Schritt auf die Plattform zu.

Er lachte. Sein Herz schwoll an vor Liebe zu dieser Frau. „Süße, du kannst alles haben, was ich habe und bin, und es wird dich keinen Cent kosten."

Trisha brummte und stampfte dann mit ihrem Fuß auf. „Na gut. Nimm ihn", schnaubte sie. Sie warf ihre Nummer auf den Boden und stürmte davon.

„Verkauft –", begann BJ zu sagen, aber Levi hörte nicht zu. Er war von der Plattform getreten, hatte

Jessica in seine Arme genommen und ging von der Menge weg. Er blieb nicht stehen, ehe er am Strand war, wo der Mond auf sie herabschien und der sanfte Klang der Wellen an die Stelle der lächerlichen Auktion trat.

„Du weißt, dass ich dir all das nicht vorhalten werde." Er wollte nichts mehr, als sie zu küssen und sie solange zu halten, wie sie ihn ließ.

„Ich weiß. Aber, Levi, mir ist dort klar geworden, dass ich dich nicht verlieren will. Ich habe Adam verloren. Und ich habe dich weggestoßen. Im Endeffekt habe ich dich verloren und das war mein eigenes Verschulden. Ich liebe dich und ich will mein Leben mit dir verbringen… wahrscheinlich werde ich ein paar Höhen und Tiefen haben, aber ich kann dich nicht verlieren, wenn dir bereits mein Herz gehört."

Er umarmte sie und vergrub sein Gesicht in ihren Haaren, wobei er ihren süßen Duft einatmete. „Baby, ich gehöre ganz dir. Von hier bis in die Ewigkeit."

Mit seinem Herzen voller Liebe küsste er sie. Etwas, von dem er wusste, dass er davon nie genug bekommen würde…

Jessica schloss ihre Arme um Levi, während sein Kuss sie mit Verlangen und Hoffnung und Freude füllte.

Sie hat geliebt und einen Verlust erlitten und war gesegnet, das mit Adam geteilt zu haben. Jetzt ließ sie ihre Ängste los und ließ sich in das Wissen sinken, dass ihre Liebe für Levi und seine für sie jede Angst überwinden würde, zu jeder Zeit.

Als er sich zurückzog und ihr in die Augen blickte, sah sie den wunderschönen, romantischen Mond in der Tiefe seines Blickes reflektiert. „Also, wie machen wir von hier aus weiter?", flüsterte sie und war nicht in der Lage, ihre volle Stimme zu gebrauchen.

Er lächelte. „Willst du mich heiraten? So bald oder weit entfernt wie du willst... Ich muss dich nur ja sagen hören." Er setzte sie auf ihre Füße, aber hielt sie weiterhin in seinen Armen.

„Ja", sagte sie sofort. Sie nahm sein Gesicht in ihre Hände und küsste ihn. „Wir regeln die Details auf dem Weg. Aber jetzt gerade kenne ich einen kleinen Jungen, der mit dem Babysitter wartet und wissen wollen wird, dass er die ganze Zeit Recht gehabt hatte.“

Levi lachte. Es erfüllte sie mit Freude und sie wusste, dass seine Liebe ein Geschenk war. Ein Geschenk, von dem sie sich nicht abwenden konnte.

„Ich liebe dieses Kind“, sagte er und sie wusste, dass das wahr war. „Lass es uns ihm sagen. Aber du musst wissen, dass ich niemals versuchen werde, den Platz seines echten Dads einzunehmen.“

Da stiegen Tränen auf. „Ich weiß. Aber er und ich wir haben in unserem Herzen Platz für dich und Adam. Das weiß ich jetzt. Und denke, Kevin hat das die ganze Zeit gewusst.“

Er strich ihr mit seinen Fingerspitzen über das Gesicht. „Gottseidank.“ Er führte sie zum Resort, ging zum Hintereingang und an dem unruhigen Auktionsbereich vorbei, wo noch immer Gebote abgegeben wurden.

„Glaubst du, ich muss zurückgehen und die Gebote weiter aufschreiben?“

„Nein. Jemand wird das übernehmen. Wir haben nach einem Jungen zu schauen und Pläne zu machen, damit ich dir einen Ring an den Finger stecken kann.“

Jessica nickte. Ihr Herz war zu voll mit Worten. „Ich kann es nicht erwarten."

Und das konnte sie nicht… das Leben erschien mit Levi an ihrer Seite plötzlich heller.

Ein paar Minuten später, als sie Kevin erzählten, dass sie heiraten würden, dachte Jessica, dass ihr Herz sich nicht mit noch mehr Freude füllen konnte. Aber das konnte es.

„Ich hab dir gesagt, dass du mein neuer Daddy sein wirst!" Kevin warf seine Arme um Levis Hals, wobei Tränen seine Wangen benetzten. „Ich wusste es."

Während sie sie beobachtete, fühlte Jessica Frieden durch sich hindurchströmen. Sie spürte Adams Lächeln, warm und lieb und für immer in ihrem Herzen.

Levi streckte einen Arm aus; sie trat in den Kreis der Umarmung und schloss ihre Arme um ihn und ihren Sohn und das neue Leben, das sie gerade gemeinsam begannen…

EPILOG

Max beobachtete vom Rand aus, wie Levi und Jessica den Aufmerksamkeitsfokus der Junggesellenauktion verließen. Er freute sich für sie. Sie waren beide gefestigt und schienen großartig zusammenzupassen. Er ließ seinen Blick über die versammelte Menschenmenge schweifen, während die Aufregung und Unterbrechung durch Levis und Jessicas Liebesbekundung durch die Menge fegte.

Er war ein wenig schockiert über das Geld, mit dem für diese Gebote um sich geworfen wurde und fragte sich, ob sie jetzt runter zu einer normalen

Preisspanne gehen würden. Er suchte nicht nach einem Date mit einer reichen Schickeriatussi oder einer wohlhabenden Großmutter. Er hatte einen harten Einsatz gehabt, der ihm noch immer zu schaffen machte, und er wollte einfach einen Abend ausgehen… er hätte leicht ein eigenes Date bekommen, aber seine Schwestern haben übermäßig begeistert von dieser Auktion geschienen und hier war er nun.

Natürlich wussten er und seine Brüder, dass ein Teil ihres raffinierten Schubses genau für das da war, was gerade zwischen Levi und Jessica passiert war. Und es war schön, dass es geklappt hatte. Es hätte auch einfach nach hinten losgehen können, aber er hatte seinen Bruder beobachtet und der Mann war kurz davor gewesen, verrückt zu werden, so sehr wollte er von dieser Plattform springen und sich die Frau schnappen, in die er sich verliebt hatte.

Liebe – Max hatte in letzter Zeit viel daran gedacht. Und letzte Woche, während er in einem Versteck einer hochrangigen Terroristenorganisation eine Razzia durchgeführt hatte, wäre er fast getötet worden… er hatte es niemandem erzählt und würde das auch nicht tun. Das war Teil seines Jobs. Aber in diesem Moment, als er hätte losgelöst und fokussiert sein sollen, hatte er daran gedacht, was er verpasste. Was er zum Wohle des Landes geopfert hatte und dass er mehr wollte…

Er konzentrierte sich auf die Gespräche um ihn herum, als BJ einen weiteren Junggesellen aufrief und mit der Auktion fortfuhr. War er wirklich bereit, sich zurückzuziehen? Anzufangen, an mehr zu denken?

Sein Telefon klingelte mit dem Ton, der seinem befehlshabenden Offizier vorbehalten war. Er zog es aus seiner Tasche und warf einen flüchtigen Blick darauf. Die Pflicht rief.

Er ging zu Shar, die ihm am nächsten stand.

„Hey Schwesterchen", sagte er, legte ihr einen Arm um die Hüfte und umarmte sie kurz. „Sorry, aber die Pflicht ruft. Viel Glück. Wir sehen uns, wenn ich wieder zuhause bin."

„Mist", grummelte Shar. „Jetzt schon? Du bist gerade erst zurück?"

„Und ich werde wieder kommen."

Sie runzelte die Stirn. „Ich weiß. Aber dennoch ist

es jedes Mal schwer, dich gehen zu sehen."

„Es ist schön, zu wissen, dass ich vermisst werde."

„Und geliebt. Pass auf dich auf. Und komm schnell zurück."

Dann zwinkerte er und nahm sich nicht die Zeit, den anderen Tschüss zu sagen. Er schlich sich davon und ging in Richtung Parkplatz. Shar würde es erklären. Und er würde sie sehen, wenn er zurück war.

Auf dem Parkplatz entdeckte er seinen Bruder, Cam, der offensichtlich spät dran war.

„Hey Max, warum die Eile?", rief Cam, der Max erkannte, als dieser seine Route änderte und zu ihm joggte.

„Cam, du hast es geschafft. Gekonnter Schachzug, zur Auktion zu spät zu kommen."

Cam zuckte mit den Schultern. „Es ging nicht anders. Was machst du – vor einem Date die Flucht ergreifen?"

„Nee, ich wurde zum Einsatz gerufen. Die Auktion war fast vorbei, aber ich musste mich sofort zu meiner Pflicht melden. Wenn du dich beeilst, kannst du vielleicht meinen Platz einnehmen." Max wusste, dass dort auf die Bühne zu gehen, die letzte Sache war, die sein älterer Bruder wollte. Cam sollte das tun. Er war alt genug, dass ihm wahrscheinlich durch den Kopf ging, sich zu binden. Aber so wie er seinen Cowboy-Bruder kannte, würde sich Cam am Ende sicherlich eine Frau in Texas suchen, wo seine Ranch war.

„Ich denke, es wird so gehen." Cam grinste, wurde dann ernst und bohrte seinen Blick in ihn.

Cam wusste, dass Max kein Wort darüber sagen konnte, wo er hinging und dass er momentan womöglich selbst nicht wusste, wohin er unterwegs war. Er hatte Max oft gesagt, dass er stolz auf ihn war, aber sich Sorgen um ihn machte, während er gleichzeitig verstand, dass Max liebte, was er tat.

Max war froh, dass sie einander getroffen hatte, aber er spürte die Zeit im Nacken. Er musste gehen.

„Hör zu, ich hasse es, fahren zu müssen, aber ich muss da hin. Wie immer, werde ich euch allen Bescheid sagen, wenn ich wieder in den Staaten bin." Er trat nach vorn und umarmte Cam. Spürte die Verbindung mit seinem Bruder und war dankbar dafür.

Er spürte Cams Arme fester werden, bevor er ihn losließ.

„Sei vorsichtig, kleiner Bruder."

Er wusste, dass es Cam nichts ausmachte, ihm zu sagen, dass er vorsichtig sein soll. Er verstand, dass das für Max in seinen strenggeheimen Einsätzen nicht immer möglich war.

„Das mache ich immer. Sag Levi, dass er nach meinem Schwein sehen soll, während ich weg bin." Er grinste, drehte sich um und begann, zurück zu seinem Truck zu laufen.

„Du und dein Schwein", rief Cam. „Das ist einfach nicht richtig. Du brauchst eine Frau, zu der du nach Hause kommen kannst, kein Wachschwein."

Max drehte sich um, joggte rückwärts und grinste. „Nicht die richtige Zeit. Aber du mit deiner Ranch in Texas und deinem fortgeschrittenen Alter bist andererseits startklar für eine Ehefrau."

Es stimmte. Max war der jüngste der Sinclair Brüder und Cam war der älteste und sie hatten einen Witz zwischen sich laufen: Cam zog ihn damit auf, dass er ein Baby war, und er zog Cam damit auf, dass er ein alter Mann war.

Cam lachte. „Wer weiß. Vielleicht werde ich verheiratet sein, wenn du zurückkommst."

„Dann solltest du dich besser beeilen. Das soll ein kurzer Einsatz werden. Rein und raus. Muss los. Ich werde deine bessere Hälfte kennenlernen, wenn ich zurück bin." Er lachte über seine Schulter hinweg, während er davonlief. Dann blieb er stehen und drehte sich um. „Hey Cam", rief er jetzt in ernstem Tonfall. „Wirklich, pass auf dich auf. Ich bin froh, dich gesehen zu haben, bevor ich los musste."

Und dann lief er den Rest des Weges zu seinem Truck und sprang hinein, ließ den Motor an und fuhr dann auf die Straße. Im Kofferraum des Trucks hatte er eine fertiggepackte Tasche für einen schnellen Einsatz. Levi würde nach seinem Grundstück und Charlotte sehen. Er hatte alles darauf ausgerichtet. Max hatte keine Verpflichtungen, keine Bindungen, die ihn zurückhielten. Er war ein guter Soldat. Und das war immer genug gewesen. Wenig später, als sich der Helikopter mit ihm und seiner Einheit in den dunklen Himmel erhob, verkrampfte sich sein Magen und er fühlte sich unruhig. Etwas stimmte nicht… er war nicht sicher, ob es ein schlechtes Gefühl wegen dieses oder wegen des letzten Einsatzes war. Aber vielleicht war es einfach das Bauchgefühl, dass es an der Zeit war, etwas in seinem Leben zu ändern… längerfristig zu denken als von einem Einsatz zum nächsten.

Cam beobachtete, wie Max wegfuhr, und bemühte sich, das Unbehagen zu ignorieren, das sich in seinem Magen regte. Max würde zurückkommen. Sein Bruder wusste, auf sich aufzupassen, dennoch war er froh, dass sie sich heute Abend über den Weg gelaufen waren, bevor er ging. Cam drehte sich um, ging zurück zu seinem Truck, kletterte wieder hinein, nahm den Schlüssel und verschloss die Türen. Sein Bruder hatte großartige Instinkte, was ein Vorteil in seinem Berufszweig war, und in den kurzen Augenblicken, die sie geredet hatten, hatte Max den Nagel auf den Kopf getroffen, der in den letzten Monaten an Cam nagte.

Er war bereit, sich zu binden.

Aber das letzte Mal, das er darüber nachgedachte

hatte, war er zu dem Ergebnis gekommen, dass er die richtige Frau brauchte, mit der er sich niederließ, damit die Gleichung aufging. Bisher hatte er sie noch nicht gefunden. Die richtige Frau.

Aber er war offen dafür, sie zu treffen, wann immer sie entschied, sich zu zeigen. Auch wenn er bezweifelte, dass das passieren würde, bevor Max nach Hause kam. Er kletterte aus dem Truck, schaute zurück in die Richtung, wo Max Lampen in der Nacht verschwunden waren und unterdrückte die Welle des Unbehagens. Max würde nicht wollen, dass er sich Sorgen machte. Er atmete tief durch, ging zum Resort und hoffte inständig, dass seine Schwestern nicht versuchten, ihn für die Auktion aufzustellen.

KAPITEL EINS

Cam Sinclair bog auf den Parkplatz des Familienresorts, das jetzt von seinen Schwestern geführt wurde. Er war spät dran… aber es ließ sich nicht ändern. Er stellte den Motor aus und als er aus dem Truck stieg, entdeckte er seinen Bruder Max über den Parkplatz joggen. Cam sprang aus seinem Truck. „Hey Max, warum die Eile?"

Sein jüngerer Bruder sah ihn und änderte seinen

Weg in seine Richtung. „Cam, du hast es geschafft. Gekonnter Schachzug, zur Auktion zu spät zu kommen."

Cam zuckte mit den Schultern. „Es ging nicht anders. Was machst du – vor einem Date die Flucht ergreifen?"

„Nee, ich wurde zum Einsatz gerufen. Die Auktion war fast vorbei, aber ich musste mich sofort zu meiner Pflicht melden. Wenn du dich beeilst, kannst du vielleicht meinen Platz einnehmen."

„Ich denke, es wird so gehen." Er wusste, dass Max kein Wort darüber sagen konnte, wo er hinging und dass er momentan womöglich selbst nicht wusste, wohin er unterwegs war. Er war stolz auf Max und machte sich gleichzeitig Sorgen um ihn, aber Max liebte, was er tat.

„Hör zu, ich hasse es, fahren zu müssen, aber ich muss da hin. Wie immer, werde ich euch allen Bescheid sagen, wenn ich wieder in den Staaten bin." Sie umarmten sich.

„Sei vorsichtig, kleiner Bruder." Cam machte es nichts aus, ihm zu sagen, dass er vorsichtig sein sollte.

Er hatte das Gefühl, dass das mit den strenggeheimen Einsätzen Max nicht immer möglich war.

„Das mache ich immer. Sag Levi, dass er nach meinem Schwein sehen soll, während ich weg bin." Er grinste.

Cam beobachtete ihn ein paar Schritte joggen. „Du und dein Schwein. Das ist einfach nicht richtig. Du brauchst eine Frau, zu der du nach Hause kommen kannst, kein Wachschwein."

Max grinste. „Nicht die richtige Zeit. Aber du mit deiner Ranch in Texas und deinem fortgeschrittenen Alter bist andererseits startklar für eine Ehefrau." Max - seinerseits mit 29 der jüngste Sinclair Bruder und Cam mit 33 der älteste – gefiel es, ihm den Altersunterschied von vier Jahren unter die Nase zu reiben.

„Wer weiß. Vielleicht werde ich verheiratet sein, wenn du zurückkommst."

„Dann solltest du dich besser beeilen. Das soll ein kurzer Einsatz werden. Rein und raus. Muss los. Ich werde deine bessere Hälfte kennenlernen, wenn ich zurück bin." Er lachte über seine Schulter hinweg und lief davon. Dann blieb er stehen und drehte sich um. „Hey Cam", rief er jetzt in ernstem Tonfall. „Wirklich, pass auf dich auf. Ich bin froh, dich gesehen zu haben, bevor ich los musste."

Und dann joggte er den Rest des Weges zu seinem Truck und war verschwunden.

Cam beobachtete, wie Max wegfuhr, und bemühte sich, das Unbehagen zu ignorieren, das sich in seinem Magen regte. Max würde zurückkommen. Er drehte sich um, ging zurück zu seinem Truck, kletterte wieder hinein, nahm den Schlüssel und verschloss die Türen. Sein Bruder hatte großartige Instinkte, was ein Vorteil in seinem Berufszweig war, und in den kurzen Augenblicken, die sie geredet hatten, hatte Max den Nagel auf den Kopf getroffen, der in den letzten Monaten an Cam nagte.

Er war bereit, sich zu binden.

Aber das letzte Mal, das er darüber nachgedacht hatte, war er zu dem Ergebnis gekommen, dass er die richtige Frau brauchte, mit der er sich niederließ, damit die Gleichung aufging.

Aber er war offen dafür, sie zu treffen, wann

immer sie entschied, sich zu zeigen. Auch wenn er bezweifelte, dass das passieren würde, bevor Max nach Hause kam.

Lana Presley verließ die Junggesellenauktion zum Valentinstag im Windswept Bay Resort ohne Date, aber mit einem Lachen im Gesicht. Sie war nicht hingegangen, um ein Date zu finden. Sie war hingegangen, um zu sehen, ob ihre Freundin, Jessica, eines bekam. Und glücklicherweise tat sie es. Liebe war eine erstaunliche Sache… nicht, dass sie danach suchte. Aber dennoch gefiel ihr die Romantik des Ganzen, wenn es funktionierte.

Es waren das Zerbrechen und Verbrennen, das damit einherging, Liebe zu finden, was sie satt hatte.

Und doch konnten die Sinclair Schwestern sich freuen, denn die Junggesellenauktion war ein Riesenhit gewesen. Vor allem für ihre Freundin Jessica und Levi Sinclair. Ihre Freundin hatte ihr in letzter Zeit Sorgen bereitet. Lana wusste, dass Levi gut für sie war, weswegen Lana mit den beiden mitgefiebert hatte, ob sie zusammen kommen würden.

Die Tatsache, dass Jessica aus ihrem Schneckenhaus gekommen war und die Chance auf eine erneute Liebe genutzt hatte, war wundervoll. Lana wusste nicht, wie es weitergegangen war, nachdem sie die Auktion gemeinsam verlassen hatten, aber sie war gespannt, davon zu erfahren. Und sie hoffte, dass sie jetzt offiziell ein Paar waren.

Lana musste zugeben, dass ihr die Auktion die Augen geöffnet hatte. Die Jungs hatten alle wirklich Spaß gehabt und die Sinclair Brüder waren so gemütlich mit der ganzen Sache umgegangen, dass es schon unterhaltsam war, ihnen einfach nur zuzusehen. Aber einer der Brüder hatte gefehlt – der, auf den sie neugierig war, Cameron – oder Cam, wie sie ihn nannten. Er lebte in Texas und besaß eine Ranch. Er war eher ein Cowboy als ein Beachboy. Nicht, dass irgendeiner der Sinclair Männer wie ein Junge aussah, aber sie hatten sich alle in ihrer Heimatstadt an der Küste des wunderschönen Windswept Bay eingelebt.

Lana hatte ein paar der Lehrerinnen im Lehrerzimmer in der Schule über die Brüder reden hören. Und sie hatte gehört, wie sein Name ein paar Mal erwähnt worden war. Und da sie selbst und ihre fünf Brüder aus Texas kamen und auf einer Ranch aufgewachsen waren, war sie gespannt auf den Bruder gewesen, der nach Texas gezogen war, um Ranch-Besitzer zu werden. Nicht, dass sie in irgendeiner Weise interessiert war, nur neugierig auf ihn. Sie hatte eine ausweglose Beziehung zu einem Cowboy zu viel gehabt, als irgendwie mehr als Neugier gegenüber diesem Mann zu empfinden.

Tatsächlich war sie nach Windswept Bay gezogen, um von Cowboys wegzukommen – inklusive ihrer Brüder und ihres Vaters. Sie brauchte Freiraum. Sie hatte angefangen, hier ihr eigenes Leben aufzubauen und ihr gefiel es wirklich. Auch wenn sie das Reiten vermisste. Sie hatte gehört, dass es auf der Insel ein kleines Gestüt in der Stadt gab; sie hatte vor, sich das morgen anzuschauen und freute sich über die Aussicht, mal wieder zu reiten.

Sie hatte ihren Truck auf dem hinteren Teil des Parkplatzes abgestellt und erreichte ihn schließlich. Sie kletterte in die Fahrerkabine, steckte den Schlüssel ein und drehte ihn um. Anstatt dass der Motor ansprang, hörte sie nur das dumpfe Klicken einer leeren Batterie.

„Nein, komm schon", brummte sie und versuchte es erneut – als würde das die Tatsache ändern, dass sie eine leere Batterie hatte. Sie hatte gewusst, dass sie ihre Batterie austauschen musste, und sie hatte nicht angehalten und sie wechseln lassen. Sie schimpfte sich ordentlich selbst aus, als sie bemerkte, dass die Lichter eines Trucks nicht zu weit entfernt von ihrem ausgingen. Erst dann fiel ihr auf, dass der einige Parklücken weiter entfernt stehende Truck einen Pferdeanhänger hatte.

Zwischen den Selbstbeschimpfungen fragte sie sich, wer den Schlepper fuhr. Wenn es eine Sache gab, die dieses texanische Mädchen wusste, dann, dass man sich um seine Angelegenheiten selbst kümmerte. Sie hätte bei dem Autoteileladen anhalten und ein Batterie kaufen sollen, kurz nachdem das das erste Mal passiert war. Das zweite Mal würde sie sicherlich Starthilfe von jemandem brauchen. Aber sie hatte es nicht getan und jetzt musste sie mit den Konsequenzen leben, wie ihr Dad gesagt hätte.

Sie warf einen Blick hinüber zu dem Truck, aber die Beleuchtung des Parkplatzes machte es schwer, zu erkennen, wer am Steuer saß.

Der große Anhänger ließ sie an ihre Brüder und ihren Vater denken – Weidewirtschaft und Pferde- oder Viehtransporte waren Teil des Jobs. Sich um seine Angelegenheiten und Ausrüstung zu kümmern, war ebenfalls Teil des Jobs. Jetzt gerade bekam sie die Quittung, dass sie das hatte passieren lassen und liegen geblieben war.

Sie lehnte sich nach vorn, zog am Hebel für die Motorhaube und stieg aus der Fahrerkabine. Sie schaute erneut zu dem Truck hinüber und war neugierig, wer ihn fuhr und im Resort übernachtete. Sie ging mit großen Schritten zur Vorderseite ihres Trucks – der ebenfalls für den Transport von Tieren genutzt worden war. Sie griff nach dem Öffnungshebel und hob dann die Motorhaube hoch. Sie zog ihr Telefon hervor, schaltete die Taschenlampe ein, griff dann mit einer Hand in den Kühlergrill und stellte einen Stiefel auf den vorderen Kotflügel. Sie war zu klein, um auf dem Boden stehend irgendetwas zu erkennen. Sie zog sich hoch und lehnte sich unter die Motorhaube, um in den dunklen Hohlraum zu blicken, während sie ihre Taschenlampe auf den Motor richtete.

„Brauchst du etwas Licht?"

„Was?", entfuhr es Lana. Sie schreckte auf und schlug mit ihrem Kopf gegen die Motorhaube, bevor sie ihr Gleichgewicht verlor und von der Stoßstange rutschte. Sie wäre gefallen, wenn sie nicht von starken Armen aufgefangen worden wäre.

„Geht es dir gut?", fragte der Mann, während er sie sicher an seiner harten Brust hielt.

„Mir geht es gut", murmelte sie, rieb sich ihren Kopf und schaute den Mann böse an. „Weißt du nicht, dass man eine Frau vorwarnt? Man taucht nicht einfach auf und erschreckt jemanden." Sie bemühte sich, aus seinen Armen herauszukommen. Ihr Kopf pochte. Dank ihm hatte sie am Vorderkopf wahrscheinlich eine Beule so groß wie Texas.

„Bist du sicher?", fragte er und klang skeptisch, aber setzte sie auf ihre Füße.

„Positiv", grummelte sie und trat sofort einen Schritt von ihm weg, während sie noch immer ihren pochenden Vorderkopf massierte.

„Ich entschuldige mich", sprach er gedehnt und klang wirklich besorgt.

Seine Art zu sprechen war nicht ganz texanisch, aber klang absolut nach Cowboy. Sie atmete ein und versuchte, sich zu beruhigen, während sie sich auf ihn konzentrierte. Er nahm seinen Hut ab und gab ihr einen besseren Blick auf sein im Schatten liegendes Gesicht. Oh… sie keuchte. Die Ähnlichkeit mit den anderen Sinclair Brüdern war unverkennbar, daher wusste sie sofort, wen sie da ansah.

Cam Sinclair.

Meine Güte… ihre Gedanken wurden unterbrochen und ihr Blick wurde von durchdringenden Augen, die im schwachen Licht funkelten, eingefangen.

„Geht es dir gut? Ich wollte dir helfen. Nicht dich verletzen."

Er war groß mit markanten Gesichtszügen – selbst in dem schattenhaften Licht konnte sie erkennen, dass der Mann Verkehrsstaus verursachen und auch Herzen brechen konnte. Wovon sie mehr als genug wusste.

Sie bekam ihre Gedankenspiele in den Griff. „Alles gut. Und tut mir leid, dass ich mich so aufgeregt habe. Aber nur, damit du es weißt, das nächste Mal, dass du dich im Dunkeln an eine Frau heranschleichst, gib ihr eine kurze Vorwarnung." Sie schaute mürrisch und hatte keine Ahnung, warum sie so gereizt war.

Er machte an seinem Telefon das Licht an und streckte seine Hand aus. „Lass uns nochmal von vorn anfangen. Ich bin Cam Sinclair. Und ich würde gern einen Blick unter deine Motorhaube werfen, wenn ich darf."

Lana verlor ihre Stimme.

„Geht es dir gut?", fragte er erneut. „Du siehst in dem Licht hier blass aus."

„Ähm, ja, mir geht es gut. Sorry." Was stimmte nicht mit ihr? Sie hatte schon viele gutaussehende Cowboys gesehen.

„Also, darf ich?"

„Darfst du was?"

„Mir den Truck anschauen."

Sie blinzelte und verpasste sich gedanklich einen Tritt in den Hintern. „Ja, klar."

„Bist du sicher, dass du dich gut fühlst? Du siehst wirklich ein wenig überspannt aus.“

Sie nickte und kam sich eigentlich ziemlich dumm vor.

Er ging zum Truck und lehnte sich unter die Motorhaube, wobei er mit seiner Taschenlampe in den Motorraum leuchtete. „Das ist ein tierisch großer Truck für eine kleine Frau.“

Sie stand auf ihren Zehenspitzen. Ja, sie hatte große Reifen, wodurch der Truck höher war als ein normaler. „Er ist nicht größer als deiner dort drüben.“

Er hob seinen Kopf und sah sie an. „Ziehst du Anhänger mit dem Truck?“

„Zurzeit nicht. Aber ja, hab ich.“

Er nickte mit nachdenklichem Gesichtsausdruck, während er die Info aufnahm. Sie führte es nicht weiter aus. Auch wenn sie wusste, wer er war, hatte sie nicht das Bedürfnis, mehr zu erzählen.

Er konzentrierte sich auf den Truck, rüttelte an ein paar Dingen, nahm die Abdeckung vom Autokühler ab und machte sie wieder drauf. Überprüfte den Ölstand und musterte dann die Batterie. „Ich denke, es ist die

Batterie, also lass es uns probieren."

„Das wäre großartig. Ich hatte das schonmal."

„Du wirst sie morgen ersetzen lassen müssen." Er neigte seinen Kopf zur Seite und schaute sie mit ernsten Augen, deren Farbe sie in dem dämmrigen Licht nicht erkennen konnte, an. „Okay. Liegen zu bleiben, ist keine gute Sache. Dein Ehemann oder Freund kann sich darum kümmern."

„Ja. Klar. Danke." Ihr Herzschlag spielte verrückt wie ein Rodeo-Bulle und das war ziemlich irritierend. „Und ich hab es mir allein zuzuschreiben. Ich bin Single und frei und ich bin diejenige, die keine neue Batterie besorgt hat." Warum hatte sie das gesagt? Zu viel Information.

Erinnerung an mich selbst: Cowboys sind von der Liste der zulässigen Attraktionen gestrichen und ich würde gut daran tun, mich daran zu erinnern.

Er sagte nichts, tippte sich nur an den Kopf und ging mit großen Schritten weg.

Lana beobachtete jeden seiner Schritte.

Jupp. Der Mann sah gut aus in seiner Jeans und seinen Stiefeln. Mensch. Das würde nicht funktionieren. Ganz und gar nicht.

Cam fuhr mit seinem Truck vor. Die Lady war gereizt und hatte ihn damit zum Schmunzeln gebracht. Sie hatte definitiv ihren eigenen Kopf. Er hatte sie nicht erschrecken wollen, aber sie hatte seine Aufmerksamkeit in dem Moment auf sich gezogen, als sie vom Sitz des Trucks gesprungen war. Er hatte sie dabei beobachtet, wie sie zur Vorderseite ihres Fahrzeugs gegangen und die Motorhaube aufgeschoben hatte, als würde sie wissen, was sie da tat. Als sie sich auf die Stoßstange gestellt hatte, war er so schnell er konnte zu ihr gegangen. Er war so entschlossen gewesen, ihr Hilfe anzubieten, dass er gar nicht daran gedacht hatte, er könne sie erschrecken. Er fühlte sich deswegen wirklich schlecht – aber als sie in seine Arme gefallen war… war er froh gewesen, dass er dort gewesen war.

Sie war ein Hitzkopf, das war leicht genug zu erkennen, und er erkannte ein texanisches Näseln, wenn er eines hörte. Das war keine Frau aus Florida.

Er parkte seinen Truck nah genug an ihren, sodass die Startkabel reichen würden. Dann sprang er raus und holte sie aus der stählernen Ausrüstungskiste, die auf der Ladefläche befestigt war.

„Es tut mir leid, ich wollte nicht unhöflich sein", sagte sie, als er zu ihr zurückkam. „Ich bin Lana Presley. Es ist schön, dich kennenzulernen. Ich bin eine Bekannte deiner Schwestern."

„Bekannte?" Er musterte sie.

„Ich bin recht neu in der Stadt und habe sie erst vor kurzem kennengelernt."

„Verstehe. Na dann, willkommen in Windswept Bay. Ich erkenne anhand deines Dialekts, dass du Texanerin bist. Bist du irgendeine Verwandte von Marcus Presley oder der Presley Ranch?" In der Dunkelheit war es schwer, in ihrem Gesicht zu lesen, aber er war sich ziemlich sicher, dass es sich anspannte.

„Möglich. Ist das ein Problem?"

Die Coolness in ihrer Stimme überraschte ihn. Er zuckte mit den Schultern und war jetzt neugieriger auf sie als je zuvor. „Nein, Ma'am, kein Problem." Er befestigte die Kabel an den Trucks. „Du kannst ihn jetzt anwerfen." Die Lady wollte offensichtlich nicht über irgendwelche Beziehungen zu den Presleys in Texas reden.

Sie ging weg und einen Augenblick später startete sie den Motor. Er entfernte die Kabel von der Batterie. Seine Arbeit war getan. Aber er war nicht bereit, sich zu verabschieden.

„Danke." Sie kam zurück zur Vorderseite ihres Trucks.

Er zog die Motorhaube runter und machte sie zu. „Gern geschehen. Freut mich, dass ich helfen konnte."

Sie schob ihre welligen, dunklen Haare hinters Ohr. Sie war auf eine einfache Art, ohne Schnickschnack hübsch. Sie hatte einen breiten Mund, fast zu breit für ihr kleines Gesicht, und kantige Kieferknochen, die, wie er gesehen hatte, hervortraten, wenn sie angespannt war. Sie waren hervorgetreten, als er sie über ihre Beziehung zu den Presleys gefragt hatte. Jetzt traten sie erneut hervor und er bemerkte, wie er grinsen wollte. Er hatte das Gefühl, dass sie trotz ihrer Größe und ruhigen Schönheit aufbrausend war, wenn sie verärgert war.

„Ich wollte vorhin nicht unhöflich klingen. Ich kenne dich einfach nicht."

Er tippte sich an den Hut. „Ich verstehe. Eine Lady kann nicht vorsichtig genug sein. Du musst morgen das mit der Batterie klären."

Sie räusperte sich; er dachte, sie war dabei, mehr zu sagen, aber stattdessen nickte sie und drehte sich zum Gehen.

„Vielleicht sehen wir uns, während ich hier in der Stadt bin." Er war nicht schüchtern und sie interessierte ihn.

Sie blieb bei der offenen Tür des Trucks stehen. „Vielleicht. Aber wahrscheinlich nicht. Ich war heute Abend nur wegen der Junggesellenauktion hier."

„Ah, ich verstehe. Hast du einen bekommen?"

Im Schatten des Lichts hatte er den Eindruck, dass sie zusammenzuckte. „Nein. Ich bin nicht für einen gekommen."

Und damit stieg sie in ihren Truck und in einer leichten Wellenlinie fuhr sie mit dem Truck aus der Parklücke rückwärts heraus und davon.

Cam sah Lana Presley nach, wie sie vom Parkplatz wegfuhr. Sie war nicht wirklich unhöflich und auch nicht wirklich glücklich in seiner Gegenwart gewesen. Alles, was er getan hatte, war, ihr zu helfen. Trotz seines Interesses, war es nicht zu leugnen, dass sie ein wenig gereizt gewesen war – und offensichtlich an nichts interessiert, was er zu bieten hatte.

Also warum grübelte er noch immer über Gedanken an sie, als er durch den Vordereingang des Resorts auf der Suche nach jemandem von seiner Familie ging?

Er war sich nicht sicher, ob die Valentinsauktion vorbei war oder noch immer jemand dort war, nur für den Fall, dass er zum Resort käme. Ein Pferdetransport von Texas hierher dauerte lange und er hatte es nicht rechtzeitig geschafft, um seinen Schwestern zu helfen. Er hasste es, das zu sagen, aber ihm tat es nicht leid, dass er die Auktion verpasst hatte. Er war geschäftlich hier, auch wenn sie das nicht wussten, und er hatte wirklich keine Zeit – selbst für einen wohltätigen Zweck – auf ein Date zu gehen. Er war auch nicht wirklich von der Vorstellung angetan, als ein Date verkauft zu werden.

Er entdeckte seine Schwester Cali, wie sie hinten durch den Gartenzugang des Resorts kam.

Er war der älteste Sohn und sie war die älteste Tochter, daher haben sich die beiden immer nahegestanden.

Ihre Miene hellte sich in dem Moment, als sie ihn sah, auf. „Cam, du bist spät dran, aber du hast es geschafft! Es ist so toll, dich zu sehen."

„Hey Schwesterchen. Ich freue mich auch, dich zu sehen." Er umarmte sie und sah ihren Ehemann Grant durch die Schiebetüren kommen. „Grant, wie ich sehe, hat sie dich nicht versteigert." Er lachte und gab seinem Freund die Hand.

„Nein." Grant grinste, während Cali ihren Arm um seine Taille legte und ihn anlächelte. „Sie hat mich nicht versteigert, aber alle anderen sind sie losgeworden. Das war ein unvergesslicher Abend."

Cali lächelte. „Jillian hatte eine großartige Idee. Ich hoffe nur, dass sich keines der Dates in eine Katastrophe verwandelt."

„Das wäre nicht gut." Cam verzog das Gesicht.

„Nein, wäre es nicht. Aber der beste Teil des Abends war, dass Levi von Jessica erstanden wurde. Erinnerst du dich an die Frau, die er zu Moms Geburtstagsfeier mitgebracht hatte?"

„Ja, er hat sie und ihren kleinen Jungen mitgebracht. Ich erinnere mich. Sie hat ihn also gekauft?"

Cali lächelte. „Hat sie. Es war fantastisch und romantisch. Und sie haben den ganzen Abend lohnenswert gemacht. Was Jillians Hintergedanke bei der ganzen Sache gewesen war."

„Nun, das ist großartig. Levi kommt in das Alter, in dem er sich binden will."

Calis Miene erhellte sich noch mehr. „Bist du also in dem Alter?"

Er war älter als Levi und sein Zwillingsbruder Trent. „Ja, neugierige Schwester, du hast richtig gehört. Ich fange wirklich an, mir über meine Zukunft Gedanken zu machen. Und dass all meine Schwestern heiraten und so glücklich sind, hatte seinen Einfluss auf mich."

Sie lachte. „Juhu."

Grant zog sie nahe an sich. „Gut zu wissen. Falls du mich fragst, ist es das Klügste, was ich je getan habe."

Cam schaute seinen guten Freund an, dem noch immer die Ranch neben seiner in Texas gehörte. „Wir wissen beide, dass es das Beste war, was dir je passiert ist. Du sahst nie glücklicher aus."

„Damit hast du Recht."

„Du hättest es zur Auktion schaffen und einen Anfang machen sollen." Calis Augen funkelten.

Er lachte. „Ich denke, ich kann meinen eigenen Weg finden."

„Okay, viel Glück. Hast du nicht eine Pferdelieferung oder so gemacht?"

„Ich hatte einen Geschäftstermin, den ich hoffentlich morgen abschließen kann." Er schaute kurz auf seine Uhr. „Ich finde es schade, dass ich los muss, aber ich habe einen Anhänger voller Pferde, um den ich mich kümmern muss. Wir sehen uns."

„Wo bringst du die Pferde hin? Wohnst du bei Mom und Dad? Du bist mehr als willkommen, bei uns zu übernachten."

Er fand, dass es keinen Grund gab, es ihnen nicht zu erzählen. „Ich bringe sie raus zu Bess Pferdeställen an der Strandstraße."

„Na klar, das hätte ich wissen sollen, aber ich habe gehört, dass sie es kurzerhand verkauft hat. Und dass sie letzte Woche die Stadt verlassen hat, um bei ihrer Schwester zu leben."

Grant musterte ihn argwöhnisch. „Hast du das Anwesen gekauft?"

Cam lachte, unfähig, das Geheimnis noch länger für sich zu behalten. „Habe ich."

„Oh mein Gott", schrie Cali auf. „Ich kann es nicht glauben. Ziehst du hierher?"

„Du hast ganz schön viele Fragen. Als ich zu Shars Hochzeit hier war, habe ich angehalten, um nach Bess zu sehen. Ich hatte sie eine Weile nicht gesehen und dachte, ich sage einfach mal Hallo. Sie hat mir in meiner Kindheit eine Menge über Pferde beigebracht und mir geholfen, meinen Traum, ein Cowboy zu werden, zu erfüllen. Während ich dort war, hat sie mich gefragt, ob ich je in Betracht gezogen habe, ihr Anwesen zu kaufen. Sie war bereit, in Rente zu gehen, und so schlossen wir einen Deal."

„Ich finde, das ist wundervoll. Mom wird es nicht glauben. Warum hast du es ihr nicht erzählt? Oder uns?"

„Weil ich nicht sicher war, dass Bess nicht doch einen Rückzieher machen würde. Es ist ein emotionaler Verkauf. Ich wollte nur, dass sie glücklich ist, daher sah ich keinen Grund, Moms und Dads Hoffnungen zu wecken, falls sie in letzter Minute entschied, die Ställe zu behalten."

„Ich verstehe. Nun, das ist so aufregend."

„Ich finde, es ist großartig", fügte Grant hinzu. „Ich werde mal zum Reiten rauskommen."

„Ich werde mir die ganze Sache während der Woche genauer ansehen. Komm vorbei, wenn du Zeit hast. Ich hab nur kurz Halt gemacht, um zu sehen, wie die Auktion gelaufen ist, aber ich denke, ich werde jetzt rausfahren. Es war ein langer Tag."

Und er war bereit, sein Anwesen zu sehen. Als Bess ihn gefragt hatte, ob er Interesse an dem Anwesen hätte, war er überrascht gewesen. Aber dann hatte er sich umgeschaut und war erstaunt gewesen von den

Möglichkeiten, die er begonnen hatte, zu sehen. Und das Vermächtnis, das er von Bess geduldigen Stunden hatte, bedeutete ihm alles. Er hatte nicht gewollt, dass irgendein Unternehmen die Chance ergriff, einzusteigen und dieses Glanzstück eines Anwesens zu kaufen und dann das mit den Pferden sein zu lassen. Das war Bess einzige Bedingung gewesen: Es sollte ein Gestüt bleiben. Und das war für ihn genau richtig.

Jetzt musste er nur entscheiden, wie er es von Texas aus managen würde.

Weitere Bücher von Debra Clopton

Windswept Bay
Von Diesem Moment An
Irgendwo Mit Dir
Mit Diesem Kuss & Für Immer Und Ewig
Warten Auf Liebe
Mit Diesem Ring
Mit Diesem Versprechen

Die Cowboys von Mule Hollow Serie
Liebe Mich, Cowboy
Tanz Mit Mir, Cowboy
Immer Ärger mit Lacy Brown
… plus Baby macht fünf
Mein Herz gehört dir, Cowboy
Halt mich, Cowboy

New Horizon Ranch Serie
Ein Cowboy für Maddie
Ein Cowgirl für Rafe
Ein Cowgirl für Chase
Ein Cowgirl für Ty
Eine Familie für Dalton
Eine Tierärztin für Treb
Maddies geheimes Baby
Ein Cowgirl für Austin

Die Cowboys von Ransom Creek
Ihr Cowboy-Held (Vorgeschichte)
Braut zu mieten
Cooper
Shane
Vance
Drake
Brice

Über die Autorin

Die Bestseller-Autorin Debra Clopton hat bereits über 2,5 Millionen Bücher verkauft. Ihr Buch OPERATION: MARRIED BY CHRISTMAS soll sogar als ABC Familienfilm verfilmt werden. Debra ist bekannt für ihre modernen Westernromanzen, texanischen Cowboys und temperamentvollen Heldinnen. Romantik und eine Prise Humor werden immer miteinander verflochten, um den Leser zum Lächeln zu bringen. Als Texanerin in sechster Generation lebt sie mit ihrem Ehemann auf einer Ranch im Herzen von Texas und freut sich immer über Zuschriften von ihren Lesern.

Besuche Debras Website unter
debraclopton.com/deutsch

Melde dich für ihren Newsletter
www.subscribepage.com/KostenloseTexascowboyromantik

Triff sie auf Facebook unter
www.facebook.com/debra.clopton.5

Folge ihr auf Twitter unter @debraclopton

Kontaktiere sie unter debraclopton@ymail.com